Ein freies Leben

ROMAN

HEIKE FRÖHLING

Donnerstag, 14. Januar 1886

Der Duft von Lorbeer und Thymian füllte den Raum. Francisca rührte den Eintopf in dem großen Metallkessel um und blickte dabei über Barrancosol, über das Dorf, das sie seit Monaten nicht mehr verlassen hatte. Den gesamten Winter über hatte sie sich wie eine Gefangene gefühlt, eingequetscht zwischen den Bergen, die die Häuser umgaben. Sie hasste die kalten Monate, wenn die Sonne nur in den Mittagsstunden über die Bergkuppen ragte und deswegen kaum Licht durch die Fenster schien. Aus dem Augenwinkel beobachtete sie ihren Vater und wich gleichzeitig seinem Blick aus. Juan saß am massiven Holztisch, seine Stirn in Falten gelegt, während seine Finger rhythmisch auf die Tischplatte trommelten.

„Alles Betrüger! Und ich habe mich darauf eingelassen, diesem Vermittler all unsere Ersparnisse im Vorhinein zu geben. Und? Was passiert? Wo bleibt jetzt dieser Dompteur aus Deutsch-Kamerun?“

Francisca probierte das Essen. Noch immer waren die Bohnen nicht gar, während die Möhren schon zerfielen.

„Ohne den Elefanten werden wir auch im nächsten Jahr Verluste machen. So geht es nicht weiter“, schimpfte Juan.

„Ich kann ...“

„Schweig! Nichts kannst du!“

Sie probierte noch einmal. Diesmal erwischte sie eine weich gekochte Bohne. Auch der nächste Bissen schmeckte gar, sämig und gut gewürzt, wie es Juan am liebsten mochte. Sie füllte zwei Schüsseln und stellte eine davon vor ihren Vater. Üblicherweise setzte sie sich ihm gegenüber, doch heute wählte sie den Platz schräg von ihm, sodass keiner von ihnen den anderen direkt ansehen musste, was an Tagen wie diesem Juans Wut nur steigerte.

Er ignorierte die Schüssel mit dem dampfenden Eintopf.

Auch Francisca war der Appetit vergangen, doch sie aß trotzdem.

„Vater, bitte, du musst etwas essen. Es wird dir guttun.“

Juan schüttelte den Kopf, stand abrupt auf und stieß den Stuhl hinter sich um, ohne ihn wieder aufzuheben.

„Wie kann ich an Essen denken, wenn unsere Pläne, unsere gesamte Zukunft auf dem Spiel steht?“ Seine Stimme zitterte vor Wut und er sprach so laut, dass die Holzlehne der Küchenbank an Franciscas Rücken vibrierte. „Ich habe alles, was wir hatten, investiert. Und nun ... Nichts! Keine Nachricht, kein Zeichen!“

Francisca legte den Holzlöffel beiseite, stand auf und nahm behutsam Juans Arm. „Vater, ich verstehe deine Sorgen. Aber wir dürfen die Hoffnung nicht aufgeben. Noch ist nicht alles verloren.“ Sie überlegte, ihm zu beichten, dass sie jahrelang heimlich auf dem Seil geübt hatte, dass es eine andere Möglichkeit gab: Das war sie. Sie, Francisca, würde endlich in die Fußstapfen ihrer Mutter, der legendären Ana Sanchez de López, treten. „Vielleicht gibt es eine Verzögerung, vielleicht ...“

Juan schüttelte ihren Arm ab und ging mit großen Schritten durch den Raum.

„Verzögerung? Hoffnung?“ Er lachte und spuckte aus. „Ich Narr. Alles auf eine Karte zu setzen. Wir stehen vor dem Nichts!“ Er nahm das Familienfoto vom Sims – Francisca als Baby in den Armen von Ana und Juan, ein Bild aus besseren, unbeschwerteren Tagen.

Francisca wollte ihm sagen, dass sie wusste, wie sehr er sich danach sehnte, den Wanderzirkus wieder zu dem vergangenen Glanz zu führen, den er zu Anas Lebzeiten noch gehabt hatte.

Juan sah Francisca an, und für einen Moment glaubte sie, den Mann in ihm zu erkennen, der er einst gewesen war – voller Ideen und Lebensfreude. Doch dann wandte er sich ab.

„Ich brauche frische Luft.“

Sie nahm den Eintopf vom Feuer. Kaum hatte Juan das Haus verlassen, durchbrach aufgeregtes Kindergekreische die Stille. Das Geschrei schwoll an, wurde begleitet von dem eiligen Trappeln kleiner und großer Füße.

Sie trat ans Fenster. Die Kinder des Dorfes, Rafael

und Vicente vorneweg, rannten lachend und rufend die Straße hinunter, gefolgt von ihren Geschwistern und schließlich den Erwachsenen. War der Mann aus Deutsch-Kamerun mit dem Elefanten endlich eingetroffen?

Juan stieß die Eingangstür auf und rannte durch den Flur zurück in die Küche. „Francisca, das ist er! Gott sei Dank! Räum das Essen weg und geh anschließend in dein Zimmer. Ich werde mich um alles kümmern."

Francisca ballte die Hände zu Fäusten und versuchte, ruhig zu bleiben. „Aber Vater, ich habe so lange gewartet, es geht mir wie dir. Ich will den Dompteur auch sehen. Warum darf ich nicht mitkommen?" Ihre Stimme zitterte.

Juan schüttelte den Kopf. „Es kann gefährlich werden. Wir wissen nicht, was uns erwartet. Ob der Mann seine Profession wirklich beherrscht oder ob das Tier außer Kontrolle gerät. Du weißt, wie eng die Gassen sind. Wenn sich der Elefant losreißt, wird es ein Unglück geben."

„Aber ..."

„Tu, was ich sage. Ohne Widerworte."

„Ich bin zwanzig Jahre alt. Ich kann auf mich selbst aufpassen. Warum behandelst du mich wie ein kleines, hilfloses Kind?"

„Genug, Francisca! Ich habe gesagt, du bleibst. Das ist mein letztes Wort. Es geht hier nicht um dein Alter, sondern um deine Sicherheit. Und um meinen Seelenfrieden." Juan packte sie hart am Arm und ließ sie wieder los. „Wie soll ich überleben, wenn ich auch noch meine

Tochter verliere?“ Hastig wischte er sich über die Augenwinkel, doch nicht schnell genug, um zu verbergen, dass ihm eine Träne über die Wange rann.

Francisca senkte den Blick. „Ich werde tun, was du sagst.“

Sie wandte sich ab. Mechanisch räumte sie das Essen ab, schüttete den Eintopf aus Juans Teller zurück in den Kessel. Dann ging sie in ihr Zimmer. Doch obwohl sie sich ihm – noch – unterwarf, keimte in ihr ein Entschluss: Eines Tages würde sie aus dem Schatten ihres Vaters treten und ihr Leben selbst in die Hand nehmen. Eines Tages – aber nicht heute.

Donnerstag, 14. Januar 1886

Das Geschrei der Kinder verdichtete sich zu einem vielstimmigen Chor aus Rufen und Lachen. Francisca hörte von ihrem Zimmer aus die tiefen, beruhigenden Stimmen der Erwachsenen, die anscheinend versuchten, Ordnung in das Chaos zu bringen, und darüber das gelegentliche, unverkennbare Trompeten und Grollen eines Elefanten. Francisca öffnete die Fensterläden so weit wie möglich und lehnte sich hinaus. Auch ohne den Elefanten direkt im Blick zu haben, spürte sie die Energie, die von der Menge ausging, eine Mischung aus Ehrfurcht, Neugier und Überschwang. Für einen Moment schloss sie die Augen. Sie versuchte, sich vorzustellen, wie es wäre, direkt neben dem großen Tier zu stehen, seine raue Haut zu berühren, seine Atmung zu hören.

Schließlich trat sie zurück ins Zimmer. Die Geräusche von draußen, die Stimmen und das Lachen, das Trompeten des Elefanten steigerten sich weiter. Sollte ihr

Vater doch wütend werden! Die Angst vor Juans Zorn war verflogen. Sie schlüpfte in ihre Schuhe, zog sich ihren Kapuzenmantel über und eilte hinaus.

Wie kalt es draußen geworden war. Die Pflastersteine waren mit Eis überzogen. Dunkle Wolken ballten sich über den Bergen zusammen und näherten sich, auch wenn noch die Sonne schien. Francisca schlängelte sich durch die Menge, entschuldigte sich hastig, wenn sie jemanden anstieß. Ihre Finger, ihre Arme, ihr gesamter Körper prickelte vor Aufregung. Endlich fand sie eine Lücke durch die Menschenmenge und trat näher an den Elefanten heran. Neben dem Tier stand der Mann aus Kamerun, der ganz anders aussah, als sie ihn sich vorgestellt hatte: Er trug einen dreiteiligen Anzug in Schwarz. Sein Sakko hatte eine taillierte Form und unterstrich seinen muskulösen Oberkörper. Die Weste passte perfekt zum Anzug. Seine Hose – auch in Schwarz – war gerade geschnitten, das Hemd aus weißem Leinen, sauber und gestärkt wie frisch aus dem Schrank. Die Krawatte, der Zylinder und seine glänzenden Lederstiefel rundeten das Bild ab, sodass er mehr wie ein Geschäftsmann als wie jemand vom Zirkus wirkte. Sie blickte an sich herab. Mit ihren ausgetretenen Schuhen und dem abgestoßenen Mantel schämte sie sich vor ihm. Der Dompteur war groß, seine Haut so dunkel wie die tiefen Schatten, die die Berge von Barrancosol in den späten Nachmittagsstunden warfen. Sein Gesicht war markant, mit scharfen Zügen, er wirkte freundlich und von einer unglaublichen Ruhe erfasst, während alle um ihn herum vor Aufregung durcheinanderplapperten. Juan in seiner Arbeitshose und seinem vergilbten Hemd, das einmal weiß gewesen war, wirkte neben dem Dompteur wie dessen Hilfsarbeiter. Als der Fremde ihren Blick erwiderte, sah Francisca schnell zu Boden. Ihr Gesicht prickelte, die Ohren brannten. Wie sie es hasste zu erröten!

Auch der Elefant stand ruhig auf dem Dorfplatz, wie sein Besitzer, als wären ihm all die Menschen gleichgültig, als wäre er gar nicht Teil dieser Welt, sondern in Gedanken ganz weit weg. Mit seinen großen, schwarzen Augen musterte er die Dorfbewohner.

Als der Dompteur sanft die Seite des Elefanten berührte, wandte sich das Tier ihm kurz zu und legte sich hin. Der Dompteur nickte den Kindern zu, die sich um den Elefanten drängten und die ohne Worte verstanden, was sie nun tun durften. Die ersten Kinder streckten vorsichtig die Hände aus, streichelten die grau gefurchte ledrige Haut, dann kletterten sie auf den Rücken mit einer Mischung aus Ehrfurcht und kindlicher Freude, die Augen weit aufgerissen vor Staunen. Der Dompteur hielt sie fest, sorgte dafür, dass sie sicher saßen, bevor er den Elefanten anleitete aufzustehen und langsam einen kleinen Kreis zu drehen. Die Kinder jubelten, die Dorfbewohner applaudierten.

Juan versuchte unter Einsatz seiner Ellbogen, sich durch die Menge zu drängen. Seine Lippen waren aufeinandergepresst, die Stirn gerunzelt, die Augenbrauen zogen sich zusammen. Er machte mehr als deutlich, was er von dem munteren Treiben hielt.

„Schluss“, schrie er. „Wir sind hier nicht auf dem Jahrmarkt. Ich habe den Mann nicht herbestellt, damit ihr euch amüsieren könnt." Dann trat er zum Dompteur und redete lauter. „Wir müssen sprechen. Die nächsten Schritte planen. Hörst du mir überhaupt zu? Ich rede mit dir. Wie ist dein Name? Ich bin derjenige, der dich hat herkommen lassen. Ich habe für dich bezahlt."

Der Dompteur sah Juan kurz an, dann wandte er sich wieder den Kindern zu.

„Wie kannst du es wagen, mich zu ignorieren? Ich bin es, Juan López Ortiz."

Unsicher schaute sich der Dompteur um, als suche er Hilfe.

Francisca trat näher zu ihrem Vater. „Er versteht unsere Sprache nicht. Siehst du die Verwirrung in seinem Blick?"

„Jetzt hörst du mir einmal zu ...", setzte Juan erneut an, erhob seine Hand in Richtung des Dompteurs, dann hielt er inne, als Francisca ihm eine Hand auf die Schulter legte. Juan stieß geräuschvoll die Luft aus. Er umfasste Franciscas Oberkörper und schob sie näher zu dem Dompteur. „Wenn du meinst, so klug zu sein, versuche du es!"

Francisca räusperte sich. „Ich bin Francisca", sagte sie auf Deutsch. Der Mann würde die Sprache ihrer verstorbenen Mutter verstehen, so hatte es ihnen der Vermittler versichert.

„Ikechukwu", antwortete der Dompteur.

„Ike ..." Sie zuckte mit den Schultern.

„Ikechukwu." Der Dompteur lachte.

„Ike ..."

„Ikechukwu, so heiße ich. Aber du kannst mich gerne Ike nennen."

Francisca erklärte ihrem Vater in Spanisch, was sie erfahren hatte.

„Dann wirst du jetzt für uns übersetzen", sagte Juan und drängte sich zwischen Francisca und Ike. „Erst einmal gilt es, das Geschäftliche und Organisatorische zu klären."

Wieder übersetzte Francisca und erklärte Ike auf Geheiß ihres Vaters, dass er im Stall von Elena übernachten solle. Doch als sie den Zustand dieser Unterkunft bedachte, konnte sie nicht anders, als zu widersprechen. Sie wechselte vom Deutschen ins Spanische. „Der Stall ist verfallen und kalt, Vater. Auch wenn es tagsüber warm wird, friert es nachts. Wir haben genügend Platz, Ike könnte bei uns das Gästezimmer bekommen."

Juan schnaubte. „Francisca, das ist nicht deine Entscheidung. Übersetze einfach, was ich dir sage, und widersprich mir nicht vor den anderen."

Widerwillig gab Francisca die Worte ihres Vaters an Ike weiter. Sie schämte sich vor dem Mann aus den deutschen Schutzgebieten, dass er von ihrem Vater wie ein Hausierer behandelt wurde.

„Es tut mir leid, dass wir keinen besseren Platz für dich haben", fügte sie leise an. „Aber ich werde sicherstellen, dass es dir an nichts fehlt."

Ike lächelte. „Danke, Francisca. Es macht mir nichts aus. Ich bin es gewohnt, unter freiem Himmel zu schlafen. Der Stall wird ausreichen."

„Sag ihm, dass ich ihm jetzt zeige, wie er zum Stall kommt. Die Kinder sollen runter vom Rücken des Elefanten. Das Theater ist beendet. Ich möchte, dass Ruhe einkehrt!“, rief Juan und klatschte in die Hände, woraufhin die Kinder vom Elefanten herunterrutschten und die Erwachsenen zurücktraten.

„Folge meinem Vater, er zeigt dir die Unterkunft“, sagte sie zu Ike, stockte kurz, dann fuhr sie in demselben Tonfall fort, um keine Aufmerksamkeit zu erregen: „Ich werde heute Abend zu dir kommen, um dir etwas zu zeigen.“ Ihre Stimme brach. Hektisch sah sie sich um, bis sie sicher war, dass wirklich keiner der Anwesenden ihren letzten Satz verstanden hatte.

Donnerstag, 14. Januar 1886 / Freitag, 15. Januar 1886

Mit dem Einbruch der Dunkelheit begann es zu schneien, kleine Flocken tanzten im flackernden Licht der Laternen. Draußen wurde es leiser, der Schnee verschluckte die Schrittgeräusche derer, die noch unterwegs waren. Juan lag bereits im Bett. Er sprach im Schlaf. Nach der Unsicherheit der letzten Tage, ob der Dompteur kommen würde oder nicht, hatte Juan sich auf die Erleichterung hin eine ganze Flasche Monastrell gegönnt.

Francisca zog sich eine Strickjacke, dann ihren Wollmantel über, wickelte sich einen Schal um und nahm einige Decken aus der Wäschetruhe.

Die Ruhe draußen war nur von kurzer Dauer, die anwachsende Schneedecke lockte die Kinder aus den Häusern. Sie bauten Schneemänner und bewarfen sich gegenseitig mit Schneebällen, ihr Lachen und ihre Rufe hallten durch die Nacht.

Francisca verweilte einen Moment an der Haustür –

dick angekleidet und mit den Decken in der Hand – und lauschte. In Juans Zimmer blieb alles still. Er war zu betrunken, um zu registrieren, was im Dorf vor sich ging.

Francisca schlüpfte hinaus und zog die Tür leise hinter sich zu. Kälte biss ihr in die Wangen, ihre Stirn schmerzte nach wenigen Schritten wie bei einem Sonnenbrand. Schon lange war es nicht mehr so kalt in Barrancosol gewesen. Geschneit hatte es die letzten Jahre auch nicht.

Francisca ging einen Bogen, erst aus dem Dorf hinaus, dann durch den Olivenhain weiter zu Elenas Stall. Schnee knirschte unter ihren Füßen, doch die Rufe der Kinder waren so laut, dass sie sich keine Sorgen machen musste, dass ihre Schrittgeräusche sie verrieten.

Vor dem Stall zögerte sie. Was würde geschehen, wenn sie dem riesigen Tier plötzlich gegenüberstand?

Dann hörte sie Ike, der mit Carl sprach, seine Stimme war beruhigend und sanft.

„Ike?“, fragte Francisca.

Die Tür wurde von innen geöffnet. Eine Laterne warf flackerndes Licht an die Wände. In einer Ecke brannte in einem alten Metallkessel ein Feuer, das mehr Rauch erzeugte, als dass es wärmte. Innerhalb der Scheune war es nicht wärmer als draußen.

Der Elefant bewegte den Kopf in ihre Richtung.

Francisca wich zurück. Kurz befürchtete sie, er würde auf sie zukommen, doch er verlagerte nur sein Gewicht, ohne sich zu bewegen.

„Carl ist freundlich. Du musst keine Angst haben.“ Ike trat aus dem Schatten.

Mit angehaltenem Atem näherte sie sich Carl, der sich langsam zu ihr umdrehte. Seine dunklen Augen fixierten sie, doch in seinem Blick lag keine Bedrohung, nur Neugier.

„Du kannst ihn streicheln“, sagte Ike.

Unter seiner Anleitung streckte Francisca ihre Hand aus und berührte den Elefanten mit den Fingerkuppen. Seine zerklüftete Haut zwischen den Stoßzähnen am Rüssel war rau und fest, hinter den Ohren hingegen war sie überraschend weich. Dann wühlte Carl mit seinem Rüssel in dem Blätterhaufen, auf dem Francisca stand. Er steckte sich Laub in sein Maul. Kurz trat die Zunge wie ein feuchter, schlaffer Gummiball hervor.

Francisca sprang zur Seite, wurde ihr doch erst jetzt bewusst, was der Zweck all der Blätter war, die auf dem Boden herumlagen.

„Er ist so groß, aber irgendwie ...“ Sie suchte nach dem richtigen Wort. „... sanft.“ Vorsichtig streichelte sie Carl weiter. Ihre Angst war verflogen.

„Carl ist ein geduldiger Riese. Er spürt, wer ihm Gutes will.“

„Ich habe Decken mitgebracht.“

Ike bedankte sich, nahm die Wolldecken und wickelte sich darin ein.

„Es ist eine Schande, dass du bei der Kälte im Stall schlafen musst. Ich schäme mich für meinen Vater. Du solltest unser Gast sein und das beste Zimmer unseres Hauses bekommen.“

„Carl würde nicht durch die Tür passen und ich lasse ihn niemals allein.“ Ike fegte mit dem Fuß Blätter beiseite und stapelte Holzscheite vor dem Feuer, sodass sich zwei Sitzgelegenheiten ergaben.

„Komm zu mir ans Feuer“, sagte er und setzte sich.

„Ike ...“ Francisca zögerte. Sie blickte zur Tür, zu Carl und wieder zu Ike.

Ike zwinkerte ihr zu. „Versuch doch mal, meinen Namen richtig auszusprechen. I-ke-chuk-wu“, forderte er sie heraus, wobei er jede Silbe deutlich betonte.

Francisca wiederholte den Namen, stolperte über die ungewohnten Klänge, verhaspelte sich, was beide zum Lachen brachte. „I-ke-chu... nein, warte ... Ike-chuk-wu?“

Versuch um Versuch näherte sie sich der richtigen Aussprache, bis es ihr schließlich, nach mehreren Anläufen und mit Ikes geduldiger Anleitung, perfekt gelang.

„I-ke-chuk-wu. Ikechukwu.“

Kälte zog durch die Ritzen des Stalls und ließ sie näher zusammenrücken, eingehüllt von den Decken, die Francisca mitgebracht hatte.

„Das letzte Mal, als ich mit jemandem so nah am Feuer gesessen habe, eingehüllt in Decken ...“, begann Francisca und verstummte.

Eine Weile war nur das Knacken des Feuers zu hören.

„Meine Mutter ist tot. Sie war eine berühmte Seiltänzerin. Ich war damals acht Jahre alt, als es passiert ist. Bei einer Probe hatten sie auf das Sicherungsnetz verzichtet.“ Francisca schwieg.

„Es gibt Verluste, die können wir nie überwinden.

Der Schmerz vergeht nicht. Aber gerade das ist die Liebe, die die Toten weiterleben lässt."

„Auch meine Mutter hat in den Wintern an Melancholie gelitten. Wie ich. Diese Kälte. Die Dunkelheit." Sie straffte ihren Oberkörper. „Aber es gibt etwas, das mich jeden Morgen aufstehen lässt. Ich habe einen Plan." Ihre Stimme zitterte, sie hielt inne, dann war es, als würde das Feuer mit einem Mal an Kraft gewinnen und alle Kälte um sie herum vertreiben. Als wäre es von einem Augenblick auf den nächsten Sommer geworden, während sie Ike von ihrem geheimen Training erzählte, vom Seiltanzen, das ihr Vater ihr verboten hatte. „Ich habe heimlich geübt, jede Bewegung, jeden Schritt meiner Mutter auswendig gelernt. Es ist verrückt, früher habe ich ihr nur zugesehen, stand als Kind nie selbst auf dem Seil, aber ich kenne ihre Choreografie, als hätte ich sie eingeübt. Ich konnte nicht anders, als mich dem Willen meines Vaters zu widersetzen. Es ist, als würde das Seil zu mir sprechen."

Ike zog die Augenbrauen hoch. Aus seinem Blick sprach eine Mischung aus Staunen und Bewunderung. „Du ... tanzt auf dem Seil? Wie deine Mutter?"

Francisca nickte. „Ich kann es dir beweisen. Nicht jetzt, bei Nacht und Schnee, aber ... Du glaubst mir nicht?" Niemandem hatte sie zuvor ihre Kunststücke gezeigt.

Er zögerte, für Franciscas Empfinden zu lang. „Doch, ich glaube dir."

Sie schüttelte den Kopf und stand auf. „Warte hier."

Mit einem Lächeln wandte sie sich ab und trat durch

die Tür ins Freie. Leise kehrte sie in ihr Zuhause zurück und schlich die Treppe hoch. Noch immer erklang Juans undeutliche Stimme durchs Haus. Er träumte. Francisca suchte das Seil aus dem Kellerversteck. Fest umklammerte sie das Sisalseil – ein Relikt ihrer Mutter und ihr geheimer Trost.

Mit dem Seil über der Schulter kehrte Francisca in den Stall zurück.

Ike blickte überrascht auf.

„Gib es zu, du hast mir nicht geglaubt. Und jetzt?“, fragte sie. Ohne eine Antwort abzuwarten, spannte sie das Seil zwischen zwei stabile Holzbalken. Die Arbeit erforderte ihre ganze Aufmerksamkeit und Geschicklichkeit. Erst zog sie vorsichtig, dann fester an dem Seil. Es war straff und sicher.

„Du brauchst mir nicht ...“, begann Ike.

Francisca hob die Hand. „Nicht mehr reden.“

Sie trat einen Schritt zurück, betrachtete ihr Werk und atmete tief durch. Nun war der Augenblick gekommen, auf den sie jahrelang hingearbeitet hatte. Sie wandte den Blick von Carl ab, um sich von ihm nicht irritieren zu lassen. Nun zog sie ihre Schuhe aus und rollte die Strümpfe über Unterschenkel und Füße, bis sie barfuß auf dem Laub stand.

Ike nickte ihr zu.

Mit einer Sicherheit, die sie selbst von sich nicht erwartet hatte, stieg Francisca auf das Seil. Anfangs führte sie grundlegende Übungen aus, um ihre Muskeln aufzuwärmen, einfache Schritte und Drehungen, bis die innere Vertrautheit mit dem Seil in ihr weiter wuchs. Die Luft im Stall schien zu vibrieren. Francisca balancierte auf einem Bein, drehte sich dann mit Schwung um ihre eigene Achse, ihr Blick konzentriert auf einen Punkt gerichtet, jede Bewegung ein Tanz mit der Schwerkraft. Nun war es an der Zeit, alle Bedenken über Bord zu werfen. Sie führte eine Arabesque aus, das Bein nach hinten gestreckt, der Körper in perfekter Linie, dann ließ sie eine Serie von Salti folgen, bei denen ihr Herz gegen ihre Brust hämmerte, jeder Sprung „Trotzdem". Ja, ihre Mutter war gestorben. Ja, auch sie würde, wenn sie diese Profession ausübte, mit dem Tod an ihrer Seite tanzen, wenn das Seil höher gespannt wäre. Trotzdem gab es für sie keine Alternative. Nur bei den Saltos fühlte sie sich vollständig und ganz, nur wenn das Vibrieren des Seils mit den Schwingungen ihres Körpers eins wurde. Dann war sie nicht mehr Tochter. Keine Bewohnerin eines spanischen Dorfs, die gesellschaftliche Erwartungen und die Wünsche ihres Vaters zu erfüllen hatte. Sie war Francisca, die ihrer Bestimmung folgte, ein Schmetterling, der sich endlich entpuppen durfte.

Sie verneigte sich. Schweiß rann ihren Rücken hinab.

„Fantastisch!" Ike klatschte. Seine Augen leuchteten. „Ich kenne mich aus. Eine solche Konzentration. Und der Mut!"

„Ich bin noch nicht fertig." Durch sein Lob bestärkt, wagte sie sich an das schwierigste Kunststück – einen blinden Sprung, bei dem sie für einen Moment die Orientierung und den Kontakt zum Seil verlor, bevor sie es mit den Zehenspitzen wiederfand. Sie warf sich in die Luft. Den Rest brauchte sie nicht mehr zu kontrollieren, ihr Körper reagierte instinktiv. Als sie schließlich das Seil wieder unter ihren Füßen spürte und ihre letzte Drehung vollendete, starrte Ike sie mit offenem Mund schweigend an.

Francisca stieg vom Seil. Sie fühlte sich lebendiger als je zuvor. Mit einem Lächeln bückte sie sich, zog sich Strümpfe und Schuhe wieder an, löste die Knoten des Seils von den Balken und rollte das Seil zusammen.

„Ich werde Seiltänzerin. Wie meine Mutter es war", sagte sie, noch immer außer Atem.

„Wo ich herkomme, sagen wir, dass Träume die Sprache der Seele sind. Sie zeigen uns, wer wir wirklich sind und was wir uns vom Leben wünschen." Er lehnte sich zurück. „Meine Reise nach Spanien war lang und nicht ohne Herausforderungen. Es waren die Träume, die mich auf diesen Weg geführt haben, weg von meiner Heimat, zusammen mit Carl, meinem treuen Begleiter. Von dem Geld, das ich in dem kommenden Jahr von deinem Vater bekommen werde, kann ich meine Reise nach Hamburg fortsetzen. Hagenbeck wird mein Ziel sein."

„Du willst nach Hamburg fahren? Meine Mutter kommt dort her. Wie gern würde ich mit dir kommen." Sie wartete, dass Ike etwas erwiderte, doch er schwieg.

Francisca räusperte sich. Sie knetete ihre Hände. Die Stille zwischen ihnen war ihr unangenehm. „Erzähl mir von deiner Schiffsreise nach Alicante. Es muss eine spannende Zeit gewesen sein", sagte sie betont fröhlich.

„Es war gar nicht so einfach, hierher zu kommen. In Alicante konnten wir Carl nicht entladen, obwohl es so geplant gewesen ist. Also mussten wir weiter nach Valencia fahren, wo wir schließlich an Land gingen."

„Valencia – wie war es dort?"

„Oh, Valencia ist eine wunderschöne Stadt, lebendig und voller Farben. Und die Menschen ... sie waren fasziniert von Carl. Überall, wo wir hingingen, versammelten sich Menschenmassen, um ihn zu sehen."

Zögerlich setzte sie sich wieder zu ihm, rückte näher und entspannte sich erst, als er ein Stück der Decke um ihre Schulter legte.

„Oh nein." Sie hielt inne. Helligkeit strahlte von außen durch die Ritzen zwischen den Holzbrettern. „Wie konnte es so spät werden? Mein Vater ... er wird sich fragen, wo ich bin."

Ike stand auf. „Ich möchte nicht, dass du in Schwierigkeiten gerätst wegen mir. Es tut mir leid, dass ..."

„Nein, Ike. Das hier ... das war es wert. Aber jetzt muss ich wirklich gehen." Mit einem letzten Blick auf Ike und Carl nahm Francisca das Seil und eilte aus dem Stall. Hastig durchquerte sie den immer dichter fallenden Schnee. Jeder Atemzug bildete eine kleine Wolke vor ihrem Mund. Die Dämmerung war längst angebrochen.

Als sie ihr Zuhause am Rand des Dorfes erreichte, klopfte sie den Schnee von ihrer Kleidung und trat ins Innere. Nach ein paar Schritten blieb sie stehen und starrte auf den Boden: Sie zog eine nasse Spur von Schmelzwasser hinter sich her. Mit einem Rockzipfel wischte sie das Tauwasser auf, hastete in ihr Zimmer, zog die verschneite Kleidung aus und stopfte sie mit dem Seil unter ihr Bett. Ihre Hände zitterten und waren eisig von dem kurzen Weg vom Stall zum Haus, sodass es ihr kaum gelang, die Knopfleiste vom Nachthemd zu schließen.

Gerade als sie sich in ihr Bett legte, erklangen die vertrauten Geräusche ihres Vaters aus dem Nebenzimmer. Er seufzte. Sein Bett knarrte. Die Fensterläden knallten beim Öffnen außen gegen die Hauswand. Kurz darauf öffnete sich ihre Tür. Franciscas Wangen prickelten vor Kälte und Aufregung.

Mit geschlossenen Augen und einem erzwungen ruhigen Atem tat sie so, als wäre sie gerade erst aus einem tiefen Schlaf erwacht.

Sie gähnte, dann hielt sie die Luft an. Üblicherweise ging er erst nach draußen, bevor er sie weckte.

„Francisca? Bist du wach?"

„Ist etwas passiert?"

„Nein, nichts, ich dachte nur ... ich hätte Geräusche gehört. Schlaf ruhig weiter. Es ist noch früh."

Mit einem Seufzen nickte sie, ohne ihre Augen zu öffnen, und wartete darauf, dass ihr Vater sich wieder zurückzog. Endlich wurde die Tür wieder geschlossen, Juans Schritte waren auf der Treppe zu hören.

Ihr folgendes Seufzen kam von ganzem Herzen. Francisca zog die Decke bis über den Kopf und dachte noch einmal daran, was sie ein paar Stunden zuvor gewagt hatte.

Freitag, 22. Januar 1886

Wolken hingen seit Tagen wie ein dunkler, schwerer Vorhang über Barrancosol, der abnehmende Halbmond war nicht einmal zu erahnen. Das Tal lag in tiefer Stille, die Bewohner schliefen längst, nur im Zirkuszelt, das wie eine leuchtende Kuppel am Dorfrand stand, herrschte geschäftiges Treiben. Juan López Ortiz weigerte sich, die Probe zu beenden, obwohl sie bereits seit dem frühen Donnerstagnachmittag andauerte. Alle waren erschöpft: Carl und Ike, der Clown Armando, der mit seiner Ungeschicktheit Juan zur Verzweiflung brachte, die Akrobatin Lucía und Diego, der Jongleur, der mit brennenden Fackeln spielte, als wären sie Bälle. Dazu kam Marisol, eine zierliche Frau mit einem zahmen Wolf namens Lobo, dessen dunkelbraunes Fell im Fackellicht schimmerte. Sie alle waren Teil der Truppe, die Juan für die Aufführung am kommenden Abend zusammengebracht hatte. Doch trotz der Vielfalt an Talenten und der Außergewöhnlichkeit ihrer Darbietungen war Juan niemals zufrieden. Seine Stimme hallte scharf und fordernd durch das Zelt und ließ die Anspannung mit jeder Stunde steigen.

Francisca beobachtete das Geschehen von der hintersten Bankreihe aus. Auch wenn niemand sie zwang zu bleiben, wollte sie nicht gehen, es wäre ihr wie ein Verrat vorgekommen. Sie sah die Müdigkeit in den Gesichtern der Artisten, wie ihre Bewegungen langsamer wurden und sie sich immer häufiger verzweifelte Blicke zuwarfen. Lucía verpasste ihren Griff an den Schaukeln, ein Fehler, der ihr vorher nie unterlaufen war. Kurz schien es, als würde sie stürzen, bevor sie sich wieder fing. Armando, der Clown, stolperte über seine eigenen Füße, sein sonst so ansteckendes Lachen verlor sich vor Schreck in einem Hustenanfall. Diego, der Jongleur, ließ eine seiner Fackeln fallen; sie rollte gefährlich nahe an die Zeltplane, bevor sie erlosch. Marisol rief Lobo zu sich, doch der Wolf zögerte, verunsichert durch die angespannte Atmosphäre, dann, als Juan laut fluchte, verkroch er sich unter den Bänken.

Von Fehler zu Fehler zogen sich Juans Augenbrauen mehr zusammen, seine Lippen waren zu schmalen Strichen aufeinandergepresst.

„Nochmal!“ Die Stockschläge auf den Boden unterstrichen jedes Wort wie Donnerschläge.

Carl schnaubte unruhig und schlug mit dem Rüssel aus, sodass er Diego zu Fall brachte.

Ike trat vor. „Es reicht, Juan. Wir sind alle müde. Die Tiere auch. Wir können nicht mehr.“ Dann wandte er sich an Francisca. „Übersetze das bitte für mich.“

Francisca erhob sich. Stockend wiederholte sie Ikes Worte auf Spanisch.

Juan hob seinen Stock und schlug ihn ohne Vorwarnung auf Ikes Schulter. Ein Aufschrei ging durch die Gruppe. Francisca merkte erst durch die Schmerzen, wie fest sich ihre Fingernägel ins Fleisch gruben, so löste sie ihre Fäuste.

„Ich bin der Direktor hier! Und wenn ich sage, wir proben weiter, proben wir auch weiter! Willst du rausfliegen? Ohne Bezahlung? Ohne Zukunft?“ Er packte Ike und ließ ihn wieder los. Dann blickte er zu Francisca. „Übersetze das für mich!“

Bevor Francisca dem Befehl ihres Vaters gehorchen konnte, fuhr Ike auf Deutsch fort: „Wir alle geben unser Bestes. Aber auch wir haben Grenzen. Sag das deinem Vater.“

Francisca schwieg.

„Wagt es nicht, euch gegen mich zu erheben! Es gibt nur einen, der hier das Wort führt – und das bin ich!“ Juans Stimme klang nun kalt und beherrscht.

Nun konnte Francisca nicht länger schweigen. Mit einem tiefen Atemzug, der mehr Mut erforderte, als sie je zuvor aufbringen musste, trat sie aus dem Schatten und stieg über die Bänke, bis sie im Licht der Zeltmitte stand, von Fackeln umgeben.

„Es ist genug, Vater!“

Ein Raunen ging durch die Gruppe.

„Du richtest alle zugrunde“, fuhr sie fort. „Die Nacht ist bald vorbei. Willst du, dass sich bei der Aufführung morgen niemand mehr auf den Beinen halten kann?“

„Du verstehst nicht, Francisca! Wir werden perfekt sein! Jeder Fehler kann uns alles kosten! Uns muss ein Ruf vorauseilen, den wir uns ab jetzt erarbeiten müssen."

„Perfektion?" Sie schüttelte den Kopf. „Niemand hier ist mehr in der Lage, nur einen Schritt richtig zu setzen! Sieh sie dir an, Vater. Sie sind erschöpft. Wir alle sind es. Auch du und ich."

Die Artisten nickten zustimmend, einige murmelten ihre Unterstützung, während andere betont gleichmütig dem Austausch zwischen Vater und Tochter folgten.

„Ich bin der Direktor!" Juan schob sie beiseite. „Geh schlafen. Nun mach, verschwinde endlich. Geh mir aus den Augen."

„Und ich bin deine Tochter. Möchtest du verantwortlich sein, wenn vor den Augen aller im Dorf ein Unglück geschieht? Willst du, dass sich etwas wiederholt wie damals mit Ana ..." Sie biss sich auf die Unterlippe. „Es tut mir leid. Ich wollte nicht ..."

Juan ließ den Stock fallen und trat einen Schritt zurück. „Es ist halb fünf am Morgen. Die Proben sind beendet." Seine Schultern hingen, seine Arme baumelten schlaff wie sinnlose Anhängsel neben seinem Körper herab. „Verschwindet. Geht mir alle aus den Augen." Seine Stimme war nur noch ein Flüstern. Er wich Franciscas Blick aus.

Ein leises Aufatmen ging durch die Reihen der Artisten. Ike nickte ihr anerkennend zu. Nach und nach verließen die Artisten das Zelt. Francisca blieb zurück.

„Ich wollte nicht ... es tut mir leid. Ich bin ..." Sie trat einen Schritt auf ihren Vater zu, hob die Hand, um ihn sanft am Arm zu berühren, dann ließ sie die Hand vorher wieder sinken. „Wegen Mutter ... Ana ... ich hätte."

„Steh hier nicht rum." Er wandte sich ab. „Ruhen wir uns aus. Morgen ist ein neuer Tag." Er verließ das Zelt.

Francisca löschte die Fackeln und folgte ihrem Vater. Eisige Luft umfing sie und brannte in ihrer Lunge. Der Schnee unter ihren Füßen knirschte. Nun merkte auch sie, wie erschöpft sie war. Jeder Schritt fiel ihr schwer. Sie taumelte auf Juan zu.

Er ergriff ihren Arm, um ihr Halt zu bieten. Arm in Arm gingen sie nach Hause, wobei nicht klar war, ob Juan Francisca stützte oder ob es längst umgekehrt war. Die Strecke zu ihrem Haus kam ihr mehr als doppelt so weit wie üblicherweise vor.

„Ich muss etwas essen", sagte Juan.

Francisca legte ihren Mantel ab und wärmte in der Küche die Reste vom vergangenen Mittagessen auf. Sie schlug über den Eintopf ein paar Eier und briet alles zusammen. Juan ließ sich erschöpft nieder und beobachtete sie, wie sie ihm einen Teller holte und auftat.

Er aß hastig und schweigend, während sie die Pfanne reinigte.

Dann fragte er: „Hast du keinen Hunger, Francisca?"

Francisca schüttelte den Kopf, ohne ihren Blick von der Pfanne zu heben. „Mir ist nicht danach."

Die Wahrheit war, dass sie vor Aufregung und Nervosität kaum einen klaren Gedanken fassen konnte. Ihre Hände zitterten und ihre Knie drohten jeden Moment nachzugeben. Noch konnte sie ihr Geheimnis nicht lüften. Sie durfte ihm nicht sagen, dass mit allen anderen Artisten abgesprochen war, dass sie am Ende auftreten würde, um ihre Kunststücke am Seil, für die sie jahrelang im Verborgenen geübt hatte, endlich vor Publikum zu präsentieren.

Juan beobachtete sie einen Moment lang schweigend, dann seufzte er. „Es ist etwas mit dir. Du bist verändert." Er legte sein Besteck beiseite und sah sie direkt an.

„Es ist nichts, Vater." Sie versuchte, sicher zu klingen, doch ihre Stimme war nur ein Flüstern.

„Irgendetwas ist im Gange. Du kannst mich nicht täuschen." Er schlug mit der Faust auf die Tischplatte. Sein Teller schepperte. „Du hast Gefühle für diesen Mann ... für Ike, nicht wahr?"

Trotz der aufkommenden Panik gelang es ihr nun, ruhig zu bleiben und ihre Sicherheit zurückzugewinnen. „Nein, Vater. Das stimmt nicht." Sie hielt seinem Blick stand, schaute ihm direkt in die Augen.

Juan seufzte. „Auch wenn ich mit Ike gutes Geld verdiene, möchte ich auf keinen Fall, dass meine Tochter mit einem Afrikaner eine Liebesbeziehung eingeht." Er erhob sich langsam und ging die Treppe hinauf, während Francisca noch einen Moment stehen blieb und sich dann auch abwandte und ihm folgte.

Sie verzichtete darauf, sich zu waschen oder umzuziehen. Stattdessen legte sie sich in voller Kleidung auf ihr Bett. Kaum hatte ihr Kopf das Kissen berührt, sank sie in einen traumlosen Schlaf.

In den frühen Morgenstunden, kurz vor halb sieben, begann sie zu träumen. Sie spürte eine sanfte, schaukelnde Bewegung. Zusammen mit Ike war sie an Bord eines großen Schiffs auf dem Weg nach Hamburg. Sie stand an der Reling, blickte hinaus auf das Meer, während Ike seinen Arm um ihre Schultern legte. Sie sprachen von der Zukunft, von Hoffnungen und Träumen, die in der fremden Stadt auf sie warteten, von einem Leben, das so anders war als alles, was sie kannten.

Erst laute Schreie und ein dumpfes, tiefes Rumpeln zerstörten das idyllische Bild ihres Traums. Francisca blinzelte, die Grenzen zwischen Schlaf und Wachsein verschwammen, als sie sich langsam in die Realität zurückkämpfte. Das sanfte Schaukeln, das sie gespürt hatte, war keine Schiffsbewegung! Mit einem Ruck setzte sie sich auf, ihr Herz raste, während die Geräusche draußen immer lauter wurden. Verwirrt und noch halb in ihrem Traum, stolperte sie zum Fenster. Eine gewaltige Lawine bahnte sich ihren Weg durch das Dorf und begrub dabei Häuser und Menschen unter sich wie einen Haufen von Spielzeug. Die weiße Masse bewegte sich unaufhörlich vorwärts, eine Zerstörungskraft der Natur, die alles in ihrem Weg auslöschte.

Francisca stand wie gelähmt da, unfähig, den Blick von der Zerstörung abzuwenden. Die Schreie der Dorfbewohner, verzweifelt und panisch, schwollen an.

Freitag, 22. Januar 1886

Das Krachen und Knirschen von draußen steigerte sich. Erst wurde es zu einem donnernden Rauschen, das Francisca an einen Sturm erinnerte, dann wurde der Lärm so intensiv, dass die Erschütterungen den Boden vibrieren ließen. Das Heulen und Brüllen der Lawine riss Francisca aus der Lähmung. Mit einem Sprung warf sie sich unter den schweren, massiven Schreibtisch. Der Tisch war ein Erbstück aus der Familie ihres Vaters, robust gebaut, um Jahrhunderte zu überdauern. Sie kniete sich auf den Boden, presste ihre Hände gegen die Ohren und schloss die Augen. Panisch versuchte sie, das Dröhnen der Erde und das Krachen zerberstender Balken auszublenden.

Der Boden unter ihr vibrierte stärker, als die Lawine das Haus traf. Dann gaben mit einem Knall die Wände nach, die Luft zitterte und es war, als würde die gesamte Welt in diesem entsetzlichen Lärm mit untergehen. Der Schreibtisch wankte bedrohlich über ihr, aber die dicke, solide Holzplatte hielt stand. Staub und kleine Trümmer nahmen ihr die Luft zum Atmen. Ein unfassbarer Schmerz durchzuckte ihr rechtes Bein, kurz registrierte Francisca, dass das Bein ungeschützt hinausragte, direkt in den Weg der herabstürzenden Mauerteile. Vor ihren geschlossenen Augen tanzten Blitze. Francisca schrie, bis ihre Stimme versagte.

Dann ebbte das Dröhnen und Kreischen ab, und eine Stille breitete sich aus, die noch erschreckender war als das Lärmen zuvor. Francisca lag eingeklemmt unter der Tischplatte und lauschte. Nichts und niemand war zu hören. Ihr Herz raste. Jeder Atemzug war ein Kampf gegen die Enge, die Angst und den Schmerz.

Zitternd tastete sie nach ihrem verletzten Bein, fühlte die unnatürliche Stellung und das warme Blut, das sich seinen Weg durch ihre Kleidung bahnte. Sie dachte an ihren Vater. An Ike. An die Dorfbewohner. Lebte überhaupt noch jemand außer ihr?

„Vater, der du bist im Himmel …", flüsterte sie und brach ab, weil sie vergessen hatte, wie der Text weiterging. Würde sie jemals wieder das Tageslicht sehen?

Unter dem Schreibtisch eingezwängt, verlor sie jegliches Gefühl für Zeit. Vergingen Minuten oder Stunden?

Sie versuchte, sich zu bewegen, doch das verstärkte nur den Schmerz in ihrem Bein und die Beklemmung in ihrer Brust. Die Luft war angefüllt mit Staub, den sie knirschend zwischen den Zähnen schmeckte und der jeden Atemzug zu einem schmerzhaften Ringen machte. Um sich vor dem Staub zu schützen, zog sie den Stoff ihres Kleides hoch, presste ihn über Mund und Nase, was die feinen Partikel filterte. Das Atmen durch den Stoff war mühsam, ihre Lungen brannten mit jedem Zug, doch es war besser als das schneidende Gefühl des Staubs in ihrer Kehle.

Regungslos lag sie da, während die Stille um sie herum nur durch das gelegentliche Knirschen und Herunterdonnern von Trümmern unterbrochen wurde. Sie versuchte, an etwas Schönes zu denken, an die Nacht mit Ike, wie sie ihm die Kunststücke vorgeführt hatte, doch selbst diese Erinnerung kam gegen die Angst nicht an. Was, wenn sie nie gefunden würde? Wenn dies das Ende war? Würde sie ihre Mutter Ana wiedersehen?

Der Durst schnürte ihr mehr und mehr den Hals zu, jeder Schluck Speichel kratzte wie Sandpapier über ihre trockene Zunge. Ihre Lippen waren rissig. Kälte kroch durch die zusammengebrochenen Wände. Auch ihr Kleid bot dagegen keinen Schutz. Francisca zog ihr unverletztes Bein enger an den Körper. So versuchte sie, die vorhandene Wärme zu bewahren, doch es war, als würde die Kälte in ihre Knochen eindringen, sie von innen heraus frieren lassen. Ihre Zähne klapperten in einem unregelmäßigen Rhythmus. Ihr Körper fühlte sich schwer und träge an, während der Schmerz in ihrem rechten Bein zu einem dauernden Pochen wurde.

Doch plötzlich hörte sie Geräusche – nicht das Knirschen und Krachen, das sie in den vergangenen Stunden immer wieder gehört hatte. Sie lauschte angestrengt. Das ferne Trompeten eines Elefanten durchbrach die Stille. Das Trompeten wurde lauter, begleitet von menschlichen Stimmen und dem Knacken und Krachen von Holz und Stein, das über ihr beiseite geräumt wurde.

Nun begann sie zu rufen, wie sie nie zuvor in ihrem Leben gerufen hatte. Es spielte keine Rolle mehr, dass das Atmen schmerzte, auch ihr verletztes Bein spürte sie nicht länger.

Lichtstrahlen bahnten sich ihren Weg durch die Lücken in den Trümmern. Francisca kniff die Augen zusammen, geblendet von der plötzlichen Helligkeit. Ihr Herz raste.

„Stopp", rief sie. „Langsamer!" Was, wenn die Bewegungen der Retter den Schreibtisch verschoben, der sie schützte? Was, wenn die fragile Sicherheit, die er bot, nachgab und die Trümmer ins Rutschen gerieten und sie unter sich begruben?

„Wir sind gleich bei dir", rief Ike. Schwach drang seine Stimme zu ihr durch, gedämpft durch den Schutt über ihr.

Mit jedem weiteren Ruck und jeder Verschiebung der Trümmer wurde es heller.

Endlich wurde der Schreibtisch behutsam angehoben, und Hände griffen nach ihr. Sie wurde emporgezogen. Dann erkannte sie über sich Ikes vertrautes Gesicht. Noch immer blinzelnd schaute sie sich um. Von dem Dorf war kein einziges Haus heil geblieben. Der Elefant hatte tatsächlich eine Bresche in das Trümmerfeld ihres ehemaligen Hauses geschlagen, die groß genug war, um sie zu befreien.

Die Sonne stand inzwischen hoch am Himmel, es musste Mittag sein. Ihr Vater eilte auf sie zu.

„Du lebst! Du lebst!“ Juan brach in Tränen aus und umarmte sie. „Über acht Stunden, meine kleine Francisca, über acht Stunden und du lebst noch.“

„Wer hat es denn nicht …“, begann sie und atmete schneller. Das besorgte Gesicht ihres Vaters verschwamm in ihrem Blickfeld, während sie auf eine improvisierte Trage geschnallt wurde. Ihr rechtes Bein schmerzte entsetzlich. Weiter sickerte Blut heraus.

Wie aus der Ferne beobachtete sie ihren Körper, als würde sie über sich schweben. Mit einer Decke notdürftig gegen die Kälte geschützt, wurde sie zu einer bereitstehenden Kutsche getragen.

„Ich komme mit ins Krankenhaus“, entschied Juan. „Macht Platz. Macht Platz. Jetzt geht schon beiseite.“

Der Himmel war klar, die Luft eisig, und jeder Atemzug brannte in ihren Lungen, auch wenn sie nun keinen Staub mehr einatmen musste. Francisca wollte sich bei Ike bedanken, der ihr Leben gerettet hatte, aber bevor sie die Worte formen konnte, übermannte sie die Müdigkeit, und sie fiel in eine dumpfe Bewusstlosigkeit.

Während der Fahrt wachte sie immer wieder kurz auf, um dann wieder das Bewusstsein zu verlieren. Mehrmals musste der Tross anhalten, da weitere Lawinen und Erdrutsche die Straße versperrten. Jedes Mal, wenn die Kutsche ruckartig zum Stehen kam oder über unebenes Gelände fuhr, durchzuckte ein Schmerz Franciscas Bein und auch ihren Brustkorb. Der Blutverlust und die Kälte ließen sie zwischen Wachsein und Ohnmacht schwanken.

In den Momenten, in denen Francisca kurz davor war, das Bewusstsein erneut zu verlieren, war es, als würde sie schweben – als wäre sie bereits nicht mehr ganz von dieser Welt. Sie sah Ana, die sich über sie beugte und sie küsste.

Als die Kutsche wieder einmal abrupt zum Stehen kam, blickte Francisca hinauf zum Himmel. Die Sonne war von grauen Wolken verdeckt, bald würde es erneut schneien. Ein zweites Mal tauchte Ana auf, die auf einem endlos langen Seil unter den Wolken tanzte.

Tränen rannen über Franciscas Wangen, nicht nur vor Schmerz, sondern auch aus einem tiefen Gefühl des Abschieds.

„Vielleicht ist es besser so", flüsterte sie und schloss die Augen, bereit, sich dem zu ergeben, was immer kommen mochte.

Montag, 1. Februar 1886

Ständig kamen neue Kranke und Verletzte hinzu, Betten wurden zusammengerückt und Pritschen dazwischen aufgestellt. Zum Glück wurden die an Cholera und Gelbfieber Erkrankten in einem anderen Raum untergebracht. Trotzdem war der Schlafsaal des Hospitals de San Juan de Dios auf der Plaza de Santa Teresa in Alicante, in dem Francisca lag, überfüllt durch all die Verletzten, die die Unwetter der letzten Tage gefordert hatten. Das Gebäude, das durch all seine Säulen und Bögen in seiner Architektur mehr an einen Palast erinnerte, war längst nicht groß genug, um alle Kranken der gesamten Provinz zu versorgen. Francisca konnte froh sein, dass es für sie wenigstens einen kleinen Nachtschrank für ihre persönlichen Gegenstände gab, ein Privileg, das die Frauen auf den zwischengeschobenen Pritschen nicht hatten.

Trotz der Schmerzen in ihrem Bein und der Schwäche, die sie von der Lungenentzündung noch immer fühlte, konnte sie nicht über die Fürsorge klagen, die sie hier erhielt, die weißen, gestärkten Laken wurden regelmäßig gewechselt. Aber ein Krankenhaus blieb ein Krankenhaus. Und das zunehmende Pochen am Bein raubte ihr jeden klaren Gedanken. Musste es nicht bald einmal wirklich besser werden?

Juan saß auf dem Stuhl neben ihrem Bett und musterte sie aufmerksam. Er hatte beim Lawinenunglück nur eine Narbe an der Stirn davongetragen, ansonsten war er unverletzt geblieben.

Francisca versuchte, ein Lächeln aufzusetzen, trotz des schmerzenden Beins. Sie nahm den Teller mit Suppe vom Nachttisch und zwang sich, davon zu essen, auch wenn sie keinen Hunger hatte.

Juan nickte. „Das ist gut, Francisca. Ich bin froh, dass du in guten Händen bist. Und wie ich sehe, wird dein Appetit auch besser."

„Vater, hast du von Ike gehört? Ich muss ihm danken. Ohne ihn ..." Ihre Stimme brach. Mit einem Mal schmeckte die Suppe staubig, es war, als würde sich die Luft verdicken. Sie hustete. Wenn sie an die Rettung dachte, breitete sich in ihr erneut die Beklemmung aus in Erinnerung an die Stunden, in denen sie verschüttet gewesen war. Sie stellte den Teller weg und schob die Decke von ihrem Oberkörper, um besser atmen zu können.

Juan räusperte sich, dann seufzte er. „Ike ist wohlauf. Er hilft beim Wiederaufbau des Dorfes. Er ist stark, das kommt uns allen zugute."

„Warum schreibt er mir nicht wenigstens einen Brief?

Was ist mit all den Briefen, die ich dir für ihn mitgegeben habe?" Sie überlegte. „Vielleicht könnte jemand ihn herbringen, oder ..."

„Francisca", unterbrach Juan sie, „jetzt musst du dich auf deine Genesung konzentrieren. Ike hat viel zu tun, und du ... du brauchst deine Ruhe."

„Er hat mein Leben gerettet. Es ist mir wichtig, ihm das zu sagen."

„Es gibt Zeit dafür, wenn du wieder gesund bist." Juans Stimme klang nun schärfer, er verschränkte die Arme, ein Zeichen, dass er keine weiteren Fragen duldete.

Francisca wandte sich von ihm ab und blickte durch eins der großen Bogenfenster auf den Zitronengarten hinaus.

Dr. Ramirez trat in das Krankenzimmer, begleitet von drei jungen Schwestern, die Tabletts mit frischen Verbänden und medizinischen Utensilien trugen. Francisca lag im fünften Bett auf der rechten Seite, so wandte sich der Arzt zuerst den vier Frauen zu, die näher an der Tür lagen. Dann kam er zu ihr.

„Guten Morgen, Señorita López. Wie fühlen Sie sich heute?", fragte er, während er sich die Hände desinfizierte.

„Besser, danke. Ein wenig müde", zwang sie sich zu sagen, auch wenn es ihr ganz und gar nicht besser ging. Sie versuchte vergeblich, sich aufzusetzen, und bemerkte dabei die besorgten Blicke, die der Arzt mit ihrem Vater wechselte.

Eine der Schwestern begann, vorsichtig den Verband vom Bein zu lösen. Dann zuckte sie zusammen, nicht nur vor Schmerz. Dieser Geruch! Und der Anblick! Das Bein war geschwollen, und an einigen Stellen zeigten sich rote und dunkle Verfärbungen.

Dr. Ramirez beugte sich vor, betrachtete die Wunde und wandte sich an Juan. Die Männer sprachen miteinander, was Francisca nicht verstehen konnte. Ihr Vater erbleichte, dann nickte er mit zusammengepressten Lippen.

„Was ist los?", fragte Francisca.

Juan schüttelte den Kopf.

Doch der Arzt wandte sich ihr zu. „Es gibt eine Komplikation. Ihr Bein hat sich entzündet. Wir befürchten, dass sich die Infektion weiter ausbreiten könnte." Von Wort zu Wort wurde seine Stimme leiser.

Franciscas Herz raste. „Und was bedeutet das?"

„Wir müssen möglicherweise über eine Amputation nachdenken, um die Ausbreitung zu verhindern und Ihr Leben zu retten."

„Nein!" Francisca setzte sich auf. Nun spielte der Schmerz keine Rolle mehr. „Es muss doch eine andere Möglichkeit geben."

Dr. Ramirez zögerte. „Wir können Karbolsäure in stärkerem Maß einsetzen. Wobei ... bei der fortgeschrittenen Entzündung ... Dann kommen noch die Ihnen bekannten Kälteanwendungen in Betracht, die lassen sich auch steigern. Zusätzlich ist die Ruhigstellung von großer Bedeutung. Wobei wir mit all diesen Interventionen in der Vergangenheit ja den erhofften Durchbruch nicht erreicht haben. Im Gegenteil. Ich befürchte, wir werden um eine zweite chirurgische Intervention nicht herumkommen, um die Infektionsquelle vollständig zu entfernen."

„Dann beginnen wir mit den häufigeren Anwendungen von Karbolsäure", bat Francisca. „Ich möchte es wenigstens noch einmal versuchen."

Juan stand auf. „Tun Sie, was meine Tochter sagt."

„Sie spielen mit Ihrem Leben. Aber gut. Ich werde die notwendigen Vorkehrungen treffen." Der Arzt nickte der Schwester zu, die den Raum verließ.

Nun fasste Juan Franciscas Hand. „Wir werden alles tun, um eine Amputation zu vermeiden. Ich bin hier bei dir."

Dr. Ramirez verabschiedete sich, dann wandte er sich der nächsten Frau zu. Seine Stimme wurde leiser und leiser, je weiter er sich entfernte. Schließlich breitete sich eine drückende Stille im Raum aus. Francisca schaute aus dem Fenster, wo der Wind die Blätter der Zitronenbäume bewegte. Trotz der friedlichen Szene draußen kam sie nicht zur Ruhe. Am liebsten wäre sie aufgestanden und weggelaufen, doch sie wusste, dass sie nicht einmal bis zur Tür gelangen würde.

„Vater", begann sie erneut, „ich muss wissen, wie es Ike geht. Bitte, sag mir die Wahrheit."

In Juans Gesicht zeichneten sich Falten ab, als wäre er innerhalb von wenigen Atemzügen um Jahrzehnte gealtert. Er atmete tief durch.

„Ike ...", Juan zögerte. „Ike ist tot, Francisca. Er ist gestorben, als er versucht hat, weitere Dorfbewohner zu retten. Es gab eine zweite Lawine, kleiner als die erste, aber sie hat Ike und Carl mit sich gerissen."

Francisca presste ihre Hände gegen ihren Mund.

„Es ist beim alten Müllerhaus passiert. Ike und Carl waren gerade damit beschäftigt, die Trümmer wegzuschieben. Dann ... Ike ... er hatte keine Chance. Ike und Carl – beide wurden getroffen."

„Carl auch?" Francisca hielt den Atem an.

„Ja", flüsterte Juan. „Carl wurde schwer verletzt. Er konnte sich nicht mehr bewegen, und seine Verletzungen waren ... es war selbst für mich, der schon so viel an Grausamkeiten gesehen hat, unfassbar. Einige Männer aus dem Dorf, darunter Diego, sie mussten ihn erlösen. Es war ein letzter Akt der Barmherzigkeit."

Tränen liefen über Juans Gesicht. „Ich wollte es dir nicht sagen, um dich nicht zusätzlich zu belasten. Sie haben Ike und Carl in der Nähe des alten Olivenhains begraben, dort, wo der Boden weich ist. Sie haben Steine aufgeschichtet, damit niemand vergisst, was an diesem Ort geschehen ist."

Francisca sank zurück in die Kissen, sie starrte ins Leere, während die Tränen über ihre Wangen liefen. Sie wollte die Hand ihres Vaters nehmen, aber sie konnte ihren Arm nicht mehr bewegen vor Trauer.

„Ich möchte alleine sein", flüsterte sie.

Juan nickte langsam. „Ich komme später wieder", versprach er, stand auf und ging zögernd mit gesenktem Blick zur Tür.

Dienstag, 5. April 1887

Es war ungewöhnlich warm in Barrancosol für den April, und die Sonne ließ das neu aufgebaute Dorf erstrahlen, als wären all die Zerstörung und das Leid des letzten Jahres nur ein düsterer Traum gewesen.

Wie jeden Tag seit ihrer Rückkehr aus dem Krankenhaus humpelte Francisca den schmalen Pfad entlang, der zum alten Olivenhain führte. Ihr rechtes Bein, obwohl es gerettet werden konnte, schmerzte, besonders, wenn sie versuchte, das Knie durchzustrecken. Der Weg war staubig, und ihre Schritte hinterließen klare Abdrücke im trockenen Boden. Die Dorfmitte war inzwischen wieder aufgebaut worden, doch je weiter sie zum Dorfrand kam, umso mehr wandelte sich die Dorfidylle in ein Bild der Zerstörung. Verlassene Ruinen lagen vor ihr, Steinbrocken waren auf dem Weg verteilt.

Verschwitzt vom Berganstieg erreichte sie die aufgeschichteten Steine, die das Grab von Ike und Carl markierten. Die Bäume trieben aus, Bienen summten, Vögel zwitscherten. Es roch nach wildem Rosmarin. Francisca kniete nieder und strich mit den Fingerkuppen über das Gestein.

„Ich weiß nicht, was aus mir werden soll", flüsterte sie. „Tag für Tag versuche ich, Juan zu genügen. Ihm reicht es nie. Ich bin in einem Netz gefangen, das sich mit jedem Tag enger zusammenzieht."

Die Sonne brannte auf ihren Rücken, Schweißperlen standen auf ihrer Stirn. „Du hast mir gezeigt, dass ich wie meine Mutter sein könnte. Aber jetzt ... Ich kann noch so viele Dehnübungen machen, mein Bein wird nicht mehr." Ihre Stimme brach, und sie musste tief durchatmen, um die Tränen zurückzuhalten.

„Selbst die Olivenbäume scheinen zu trauern. Sieh sie dir an, wie die Äste herunterhängen." Sie beugte sich weiter hinunter zum Steinhaufen. „Ich fühle mich so verloren. Ich hätte dich noch so sehr gebraucht!"

Ein Zweig knackte hinter ihr. Das Geräusch ließ sie zusammenzucken. Ruckartig drehte sie sich um.

María stand nur ein paar Meter entfernt.

„Wie lange stehst du schon dort?", fragte sie.

„Es ist Zeit für dich, nach Hause zu gehen. Juan braucht dich, auch wenn er seine Liebe nicht immer zeigen kann. Du bist alles, was ihm noch geblieben ist."

„Ich gehe gleich."

María bückte sich. Geschickt griff sie nach Thymian und wildem Majoran, der trotz der Trockenheit würzig duftete, und legte die Kräuter vorsichtig in ihren Flechtkorb. Francisca beobachtete die kurzen, zackigen Bewegungen, die so viel Kraft ausstrahlten, während sie selbst nichts als Lähmung verspürte.

„María!“, rief Francisca. „Ich muss dich etwas fragen.“

Langsam hob María den Kopf und trat näher, die Schultern hochgezogen, als wolle sie sich schützen. Sie zerrieb Thymianblätter zwischen ihren Fingern und roch dann an der Hand.

„Warum kommt niemand außer mir hierher?“, fragte Francisca.

María schluckte und schloss kurz die Augen. Sie sah sich um, als wäre jemand hinter sie getreten, aber dort war niemand. „Es ... es ist ... Die Leute ... sie reden. Es ist wegen der Art, wie Ike ... und der Elefant ...“ Ihre Stimme wurde so leise, dass kein Wort mehr zu verstehen war.

Francisca blickte abwechselnd zum Grab und zu María. Warum war ihr der Gedanke nicht schon viel früher gekommen? Sie schlug sich gegen die Stirn. „Wie konntet ihr im Winter ein so großes Loch graben? So groß, dass ein Elefant hineinpasst?“

„Es war schwierig“, begann sie und räusperte sich. „Die Männer haben Tag und Nacht gearbeitet, um ...“

„Warst du dabei? Bei der Beerdigung?“

„Ja, ich ... ich war dabei.“

„Wer hat gegraben?“ Francisca wurde es übel. Die Sonne brannte von hinten auf ihren Rücken, sodass sie sich sagte, dass es die Hitze war, wegen der ihr schwindelig wurde, dass es nicht die Erkenntnis war, so ungeheuerlich, dass es nicht sein konnte ...

„Nun, Diego und einige der anderen Männer ... sie haben ... Also, es war eigentlich Pedro, der ...“

„Pedro ist tot. Er hat die erste Lawine nicht überlebt.“

María atmete tief durch, ihr Gesicht wurde aschfahl. Hilflos blickte sie umher. „Es ist alles so schnell gegangen, vielleicht erinnere ich mich nicht genau. Aber ... Ich muss jetzt weiter.“ María drehte sich um und eilte den Pfad zurück ins Dorf, ohne auf eine Antwort zu warten.

Francisca beobachtete sie, wie sie davonhastete, bis María zwischen den Häusern verschwand und außer Sichtweite war. Irgendetwas stimmte nicht, das wusste sie nun sicher.

Sie blickte zurück zu den aufgeschichteten Steinen, und der Entschluss in ihr verfestigte sich. Francisca verharrte an der Grabstelle, dabei ließ sie ihren Blick über das Dorf schweifen. Die Schneise, die die Lawine hinterlassen hatte, zog sich von diesem Aussichtspunkt aus betrachtet noch immer wie eine offene Narbe durch die Landschaft. Doch der Schuppen von José, das kleine Gebäude inmitten der Olivenbäume, hatte als eines der wenigen die Naturgewalt überstanden, stand nun verlassen da, eine Erinnerung an den Mann, der hier einst gearbeitet und dann durch die Lawine sein Leben verloren hatte.

Francisca trat näher an den Schuppen. Das Holz der Tür war aufgequollen und feucht, die Farbe blätterte ab und ließ das Grau des verwitterten Untergrunds durchscheinen. Mit Mühe öffnete sie die Tür. Die Scharniere quietschten.

Innen roch es muffig nach feuchtem Holz und verrostetem Metall. Die Werkzeuge hingen geordnet an der Wand und füllten die Regale. Francisca griff nach einem Spaten und kehrte zum Steinhaufen zurück. Trotz der Schmerzen in ihrem rechten Knie und im Unterschenkel begann sie zu graben. Sie musste ihr Gewicht geschickt verlagern, um nicht zu viel Druck auf ihr verletztes Bein zu legen. Ihre Haut im Nacken prickelte unter der Sonneneinstrahlung, doch sie konzentrierte sich nur auf die Bewegung ihrer Arme und auf den nächsten Stich.

Bald hatte Francisca die oberflächlichen Steine beiseitegeräumt und stieß auf ein erstes Hindernis. Ihre Schaufel krachte gegen Wurzeln, die sich verschlungen durch die Erde zogen. Mit zusammengepressten Zähnen hackte sie auf die Wurzeln ein und zog daran, bis sie sie durchtrennen konnte. Dann traf sie mit dem Spaten auf Felsen. Sie hielt inne.

Schweiß rann ihr über das Gesicht, hatte das Kleid an ihrer Brust und unter den Achseln längst durchnässt. Es war unmöglich, tiefer zu graben. Verwirrt und erschöpft lehnte sie sich auf den Stiel des Spatens und atmete schwer.

Sie blickte in das Loch, das sie gegraben hatte. Es war längst nicht groß genug, um einen Menschen, geschweige denn einen Elefanten zu begraben. Und das Erdreich war ohne Zweifel unberührt. Hier hatte niemand ein Grab ausgehoben. Francisca schleuderte den Spaten zur Seite, ergriff ihren Gehstock und eilte nach Hause.

Dort erwartete Juan sie bereits.

„Wie siehst du denn aus?“, rügte er sie. „Schau dich einmal an. Dein Kleid. Ein einziges Durcheinander, verschwitzt und verschmutzt!“

Sie schnappte nach Luft. „Das Grab ... am alten Olivenhain ... es gibt kein Grab. Ich habe einen Spaten genommen. Es ist nichts dort. Nur Wurzeln. Und Felsen. Es kann niemand an dieser Stelle gegraben haben.“

Juan schnaubte verächtlich und schüttelte den Kopf. „Immer diese Geschichten. Wasch dich und zieh dich um, statt solchen Unsinn zu reden.“

„Ich weiß es. Ich war dort. Ich habe selbst gegraben.“

„Hör dir einmal zu. Ich. Ich. Ich. Dir geht es nur um dich, nie um andere.“

Sie erinnerte sich so deutlich an die Worte ihres Vaters, was er im Krankenhaus zu ihr gesagt hatte, so genau, als hätte er es vor wenigen Minuten ausgesprochen. „Du hast gesagt, ‚Sie haben Ike und Carl in der Nähe des alten Olivenhains begraben, dort, wo der Boden weich ist. Sie haben Steine aufgeschichtet, damit niemand vergisst, was an diesem Ort geschehen ist.‘ Aber da ist nichts, Vater!“

Juan schwieg. Er blickte sie an. Diesmal sah sie nicht zu Boden.

Schließlich senkte er den Blick. „Es stimmt“, flüsterte er. „An der Stelle am alten Olivenhain ist kein Grab.“

Francisca packte ihren Vater am Arm, ihre Finger krallten sich in sein Fleisch. „Warum?“ Ihre Stimme bebte. Ihr Kinn zuckte. „Warum hast du das getan? Warum haben alle mitgemacht bei dieser Lüge?“

„Es war einfacher so. Ich wollte, dass du abschließt, weitermachst. Es war besser für dich."

„Besser für mich?" Francisca fehlten die Worte. Sie ließ ihn los und trat einen Schritt zurück. „Was ist wirklich mit Ike und Carl passiert?"

Sie packte ihn erneut und schüttelte ihn. „Wo sind sie? Wo ist Ike?"

Juan öffnete den Mund, doch seine Gesichtszüge erstarrten.

„Wo ist Ike?", schrie Francisca.

Er schnappte nach Luft wie ein Fisch, der aus dem Wasser gezogen wurde. Kein Laut kam über seine Lippen. Seine Augen weiteten sich, er griff sich an die Brust.

Francisca beobachtete ihn, verwirrt und ungläubig. Simulierte er? Glaubte er, mit dieser dramatischen Pose um eine Antwort herumzukommen?

Sein Gesicht wurde blass, Schweiß trat ihm auf die Stirn. Wieder schnappte er nach Luft. Er taumelte, sein Atem war unregelmäßig, ein keuchendes, pfeifendes Geräusch. Nun begann seine Haut, bläulich zu schimmern, um den Mund herum bildete sich ein weißes Dreieck.

„Vater!", schrie sie und packte ihn, gerade rechtzeitig, um ihn aufzufangen, als er zusammenbrach.

Sie legte ihn vorsichtig auf den Boden, sein Körper war schwer und schlaff in ihren Armen. Seine Atmung wurde flacher.

„Bleib liegen. Alles wird gut!" Francisca rannte in die Küche, holte ein Glas Wasser und kehrte hastig zu ihm zurück. Sie versuchte, ihn aufzusetzen, in der Hoffnung, dass es ihm das Atmen erleichtern würde. „Trink das, Vater, es wird dir helfen." Sie hielt die Tasse an seine Lippen, aber sein Kopf sank zur Seite. Seine Augen schlossen sich halb, sein Blick trübte sich, seine Haut war kalt und schweißbedeckt.

Sie sah zum Nachbarhaus und schrie. Niemand reagierte. Die Vorstellung, ihn allein zu lassen, war unerträglich. So massierte sie sanft seine Brust, versuchte, die Durchblutung zu fördern, während sie gleichzeitig weiter nach Hilfe rief.

„Ich habe nicht mehr lange zu leben", keuchte Juan. „Francisca, bitte ... erfülle meinen letzten Wunsch. Geh zu Magdalena nach Hamburg. Zu deiner Tante, der Schwester deiner Mutter. Du weißt, von wem ich rede?"

Tränen rannen Francisca über die Wangen, tropften auf Juans Stirn. Sie umklammerte seine Hand fester. „Was ist mit Ike? Bitte, Vater, sag mir ..."

Ein letztes, tiefes Keuchen entwich ihm, dann lag Juan still. Francisca umarmte ihn schluchzend. Es gab so vieles, was nun für immer ungesagt bleiben würde.

Mittwoch, 27. April 1887

Francisca betrachtete den offenen Koffer vor sich. Der Kleidungshaufen auf dem Bett daneben verströmte den Geruch von Lavendel, den sie zwischen ihre Kleidungsstücke gelegt hatte. Alles würde sie nicht mitnehmen können. Zuerst legte sie ihr blaues Sommerkleid sorgsam zusammen.

Ein leises Türknarren ließ Francisca innehalten. María, Isabel und Manuel traten ein.

„Francisca, du kannst doch nicht einfach gehen“, sagte María. „Denk an das Dorf. Wir alle brauchen dich. Du gehörst zu uns.“

Isabel trat näher und setzte sich aufs Bett zwischen Kleidungsstücke und Koffer, sodass Francisca ihrem Blick nicht ausweichen konnte. „Wir sind wie eine Familie hier. Auch wenn Juan tot ist – das hier ist dein Ort. Wenn du dich in diesem Haus zu einsam fühlst, kannst du gerne bei uns bleiben, Manuel und ich haben genug Platz.“

Manuel nickte. „Und ich könnte deine Hilfe gebrauchen. Die Ziegenpfade sind beschädigt, wir müssen neue Wege finden, um die Tiere über die Berge zu treiben. Du kennst dich durch deine Wanderungen in der Umgebung besser aus als wir alle zusammen. Dein Wissen wird uns allen helfen."

Francisca hörte ihre Worte, doch in ihrem Inneren war nichts als Leere. Es war, als wären mit dem Tod von Juan alle Gefühle aus ihr herausgesogen worden. Dass Ike verschwunden war und sie ihn nie wieder sehen würde, dass die Dorfbewohner ohne Ausnahme Juans Lüge gedeckt hatten – selbst diese Verletzungen schmerzten nicht mehr. Sie war wie innerlich ausgehöhlt. „Mein Entschluss steht fest. Ich will in Hamburg den Teil meiner Geschichte finden, der mir Antworten geben kann."

María nahm Franciscas Hand. „Ist es das wert, alles hier aufzugeben? Ana ist so lange tot. Du hast dir ein selbstständiges Leben ohne deine Mutter aufgebaut. Du wirst in Hamburg nichts Neues über sie erfahren."

„Es war der letzte Wille meines Vaters. Zu gehen, um Magdalena zu finden. Ich tue es nicht nur für mich, sondern auch für ihn." Francisca blickte zu Boden. Hitze stieg in ihr auf Gesicht und ließ ihre Wangen prickeln. Es stimmte nicht. Es ging nicht um Juan. Aber das war die Begründung, die die drei am ehesten verstanden. Was genau sie wegtrieb aus Barrancosol, konnte sie gar nicht beschreiben, wie sie auch nicht erklären konnte, wo die innere Taubheit herrührte. Sie begriff es ja selbst nicht. Sie wusste nur eins: Wenn sie leben wollte und nicht nur äußerlich funktionieren, musste sie weg von diesem Ort. Hier würde sie ewig Juans Tochter bleiben, gefangen in Erinnerungen und den Erwartungen anderer.

Isabel und Manuel tauschten einen Blick. Schließlich stand Isabel auf, strich über das blaue Kleid im Koffer. „Gut, dass du dieses Kleid mitnimmst. Es passt perfekt zu deinen Augen." Isabel trat vor und umarmte Francisca fest. „Dann pass auf dich auf. Und vergiss nicht, dass dieser Ort immer dein Zuhause sein wird."

Manuel legte seine Hand auf Franciscas Schulter. „Und wenn du zurückkehrst, wird dieses Dorf mit all seinen Häusern wieder aufgebaut sein. Du bist jederzeit willkommen, vergiss das nicht."

All die Überlegungen, welche Kleider sie mitnehmen wollte, waren nun unbedeutend. Francisca füllte den Koffer, bis er voll war, ohne weiter darüber nachzudenken. Dann schloss sie den Deckel, verriegelte ihn und verabschiedete sich mit einer Umarmung von ihren Freunden.

„Wir begleiten dich zum Nachbarort." Manuel wollte ihr den Koffer aus der Hand nehmen.

„Danke euch, wirklich. Aber ich muss diesen Weg allein gehen."

„Die Straße ist voller umgestürzter Bäume, teilweise von Erdrutschen verschüttet ..."

Isabel atmete geräuschvoll ein und wieder aus und verschränkte die Arme vor dem Körper. Der Unmut war ihr anzusehen. „Wir wollen doch nur, dass du wohlbehalten ankommst. Was ist denn los mit dir?"

Francisca wollte nicht diskutieren und sich nicht

erklären. „Macht es gut", sagte sie, nahm den Koffer in die eine, den Gehstock in die andere Hand. „Ich denke an euch."

Manuel seufzte. „Dein Wille ist dein Himmelreich. Aber bitte, sei vorsichtig."

„Das werde ich." Francisca umarmte jeden von ihnen, dann drehte sie sich um und verließ das Haus, in dem sie geboren worden war und das sie bisher nie länger als ein paar Tage verlassen hatte.

Der Weg zum Nachbardorf gestaltete sich beschwerlicher als erwartet. Die Sonne warf lange Schatten über die zerklüfteten Pfade, die sich in Serpentinen den Berg hinab und wieder hinauf schlängelten. Der Koffer, der sich anfangs leicht tragen ließ, wurde bald zum Problem. Er erhöhte die Belastung auf Franciscas rechtes Bein, sodass das Knie und der Unterschenkel schmerzten. Francisca ignorierte das Ziehen bei jeder Beugung des Beins und ging vorsichtig um die umgestürzten Bäume und über Erdmassen, die von den Hängen gerutscht waren. Sie versuchte, sich die Landschaft so gut wie möglich einzuprägen, die Olivenhaine, die zerklüfteten Berge, die Schluchten, in die nie ein Sonnenstrahl schien.

Erschöpft erreichte sie nach vier Stunden den Nachbarort. Zum Glück hatte der Kutscher gewartet. Es war ein älterer Mann, sein Gesicht von Falten so zerklüftet wie die umliegenden Felsen vom Wetter. Er nickte ihr zu, half ihr dabei, den Koffer zu verstauen, gab ihr eine Wolldecke gegen die Kälte in dem geschlossenen Abteil und schloss die Tür. Dann kletterte er zurück auf den Kutschbock, nahm die Zügel in die Hand und schnalzte mit der

Zunge, woraufhin die beiden Pferde sich in Bewegung setzten. Die Holzräder holperten über das Kopfsteinpflaster. Francisca lehnte sich zurück und schloss die Augen.

Auch die Fahrt nach Valencia gestaltete sich schwieriger als erwartet, mehrfach musste der Kutscher anhalten, um kleinere Schäden am Wagen zu reparieren. Erst nach Einbruch der Dunkelheit erreichten sie ihr Ziel.

Was ein Kontrast war der Trubel des Hafenviertels zu der ländlichen Stille von Barrancosol! Das geschäftige Treiben, die lauten Rufe der Matrosen und Händler, der Geruch von Teer, Salz und frischem Fisch erfüllten die Luft. Nun zeigte sich, dass die Entscheidung, einen Tag früher aufzubrechen, richtig war, sonst hätte sie die Abfahrt des Dampfschiffes verpasst.

Der Kutscher hielt an den Stufen, die zur Pension hinaufführten.

„Danke für die Fahrt“, sagte Francisca und wollte ihren Koffer nehmen.

„Das kann ich nicht zulassen.“ Der Kutscher hob den Koffer heraus, ging vor, hielt ihr die Tür von der Pension auf, nahm den Schlüssel entgegen und half ihr, das Gepäck in ihr Zimmer zu tragen.

Er legte den Koffer aufs Bett und trat ein paar Schritte zurück.

„Danke“, sagte Francisca und wartete, dass er sich verabschiedete. Doch der Kutscher blieb im Türrahmen stehen. Er ging erst, nachdem sie ihm zusätzliches Trinkgeld gegeben hatte.

Die gesamte Fahrt über hatte sie nichts gegessen, aber

sie war zu erschöpft, um noch einmal hinunter ins Speisezimmer zu gehen. Sie zog ihre Schuhe aus und legte sich aufs Bett, nur um kurz auszuruhen.

Doch als sie die Augen aufschlug, als sie von Pferdegetrappel und lautem Rufen unter ihrem Fenster aufwachte, dämmerte bereits der Morgen. Eilig zog sie die Schuhe wieder an, wusch sich kurz an der Schüssel mit dem bereitgestellten Wasser, nahm ihren Koffer, erledigte die Formalitäten an der Rezeption und trat ins Freie. Problemlos fand sie den Hafen und ging an Bord.

Das Dampfschiff war eine Welt für sich. Das schwere, rhythmische Schlagen der Maschinen, das Zischen des Dampfes, die kreischenden Möwen – all das war für sie unbekannt und aufregend. Langsam ging es nach dem Ablegen die Küste entlang in Richtung Norden. Francisca stand oft an der Reling und beobachtete, wie die Küstenlinie sich veränderte, wie sich Sandstrände und felsige Abschnitte abwechselten. Doch besonders genoss Francisca die Nächte, während die meisten der Passagiere schliefen und sie allein auf den Holzplanken stand, den Blick zum unendlichen Sternenhimmel richtete und das schwarze Wasser um sich herum betrachtete, auf dem sich die Lichter des Dampfers spiegelten. Sie lernte schnell, sich an das schaukelnde Deck anzupassen, so blieb sie von der Reisekrankheit verschont.

Nach der Ankunft in Marseille wechselte Francisca zum ersten Mal in ihrem Leben auf eine Eisenbahn. Die Fahrt von Marseille nach Paris durch das Rhonetal war eine Offenbarung. Die Landschaft veränderte sich ständig – von sonnendurchfluteten Weinbergen zu den rauchenden Industrieschloten von Lyon. Jeder Halt auf dem Weg brachte neue Gesichter und neue Geräusche mit sich, und Francisca war es, als würde sie durch ein lebendiges Buch reisen, das sie Seite für Seite umblätterte.

In Paris musste sie umsteigen. Ihr Herz raste, ihre Hände zitterten so sehr, dass sie kaum den Koffer halten konnte. Ständig wurde sie angerempelt. Der Bahnhof war ein Labyrinth aus Gleisen und Zügen, und sie stand vor der Herausforderung der Sprache. Sie kam weder mit ihrem Spanisch noch mit ihrem Deutsch weiter. Doch mithilfe ihres Zugtickets und ihres Gestikulierens fand sie den richtigen Zug nach Belgien.

Dieser Teil der Reise war kurz, geprägt von einer flachen Landschaft und den ordentlich angelegten Feldern. Als sie schließlich die deutsche Grenze überquerte, atmete sie auf in einer Mischung aus Erleichterung und Aufregung. Nun begann die letzte Etappe, die sie durch Köln und das pulsierende Ruhrgebiet führte, bevor sie den Norden erreichte.

In Hamburg war der Himmel grau und der Wind von der See her kalt, ihre Finger kurz nach dem Aussteigen bläulich von der Kälte. Sie fror, obwohl sie ihren Sommer- und den Wintermantel übereinander trug. Nieselregen setzte ein. Er prickelte eisig auf der Haut wie unzählige Nadelstiche. Doch das konnte Franciscas Vorfreude nicht dämpfen. Sie hatte noch immer das Bild der Stadt von der Einfahrt des Zuges vor Augen, die massiven Docks, die großen Lagerhäuser und die eleganten Türme der Kirchen – eine Welt, die sich so sehr von all dem unterschied, was sie bisher kennengelernt hatte. Sie genoss das Rattern der Kutschen, das Rufen der Marktleute, das ferne Signalhorn eines Schiffes. Alles war lebendig und in Bewegung, sodass sie von ihrer Müdigkeit nichts mehr spürte. Es war, als würde das Leben der Stadt auch in ihren Adern pulsieren. Der Geruch von frischem Brot aus einer nahen Bäckerei mischte sich mit der salzigen Meerluft, und über allem lag eine feine Schicht von Kohlenstaub, der von den zahlreichen Schloten und Fabriken in der Luft hing.

Francisca passierte kleine Läden, deren Auslagen mit Waren überquollen, und Menschen, die hastig an ihr vorbeieilten. Sie bewunderte die Architektur um sich herum – eine Mischung aus alten, herrschaftlichen Gebäuden und neueren, zweckmäßigen Konstruktionen. Die Stadt wuchs stetig, das zeigte sich an allen Ecken.

Schließlich erreichte sie die Straße, in der ihre Tante wohnte. Es war eine ruhigere, ordentlichere Gegend in Hafennähe, doch fernab des Trubels. Die Häuser wirkten gepflegt, Blumenkästen vor den Fenstern setzten Farbtupfer gegen das trübe Wetter.

Mit angehaltenem Atem läutete Francisca.

Magdalena öffnete die Tür, und Francisca erstarrte. Das Gesicht, das so sehr an ihre Mutter erinnerte, brachte sie fast zum Weinen.

„Francisca! Endlich bist du hier!“ Magdalena zog sie in eine feste Umarmung. Ihr Körper war warm und viel weicher als der von Ana.

„Tante Magdalena, ich …“ Franciscas Stimme brach.

Sie dachte daran, dass sie auf dem Weg Blumen hätte kaufen sollen oder in Valencia ein Geschenk besorgen. Nun stand sie mit leeren Händen da.

„Komm. Lass uns nicht im Kalten stehen", sagte Magdalena. Sie führte Francisca durch einen Flur, an einem Wohnzimmer vorbei weiter in ein Zimmer mit einem frisch bezogenen Bett. Die Decken waren mit Stuck verziert, es gab Stuckrosetten an den Leuchtern, die Sprossenfenster waren riesig. So wirkte es hell in den Räumen trotz des trüben Wetters. All die Lichter – es war ein einziges Strahlen.

„Das ist jetzt dein Zuhause, so lange du möchtest. Fühl dich wie zu Hause, meine Liebe."

Francisca betrachtete die gestickten Kissen auf dem Sofa, die gefüllten Bücherregale, die bis unter die Decke reichten.

„Es ist eigentlich meine Bibliothek, aber jetzt gehört das Zimmer dir. Ruh dich erst einmal aus, dann essen wir zusammen."

Donnerstag, 12. Mai 1887

Francisca und ihre Tante saßen an dem kunstvoll geschnitzten Eichentisch in der Küche. Der noch warme Apfelkuchen duftete süß und es roch nach frisch gebrühtem Kaffee. Regentropfen prasselten von außen gegen das Fenster.

Magdalena reichte Francisca einen Teller mit Kuchen.

Francisca erwiderte das Lächeln ihrer Tante und bedankte sich. Der erste Bissen zerging butterig auf ihrer Zunge, doch Freude kam nicht auf. Magdalenas Fußwippen war kaum zu bemerken, auch das Zupfen an ihrer Haarsträhne war verräterisch.

Dann sprach Magdalena endlich aus, womit Francisca schon gerechnet hatte: „Ich muss dir leider sagen, dass ich heute Abend noch einmal wegmuss.“ Sie starrte kurz auf die Tischplatte, bevor sie nach einem tiefen Durchatmen Francisca anblickte.

Francisca legte die Gabel beiseite. So mühevoll der

Tisch auch gedeckt war und dieser Nachmittagskaffee vorbereitet – ihr war der Appetit vergangen. „Schon wieder?"

„Ja."

„Wohin gehst du denn diesmal?"

Magdalena zögerte, ihre Finger umklammerten den Kaffeebecher. „Es ist nur eine kleine Versammlung. Nichts Besonderes."

„Vom Wohltätigkeitsverein? Schon wieder?"

„Der Kuchen schmeckt wirklich fantastisch. Du isst ja gar nichts. Hm, lecker." Magdalena goss sich Kaffee aus der Kanne nach und nahm einen großen Schluck aus der Tasse.

„Könnte ich ... vielleicht mitkommen?", fragte Francisca.

„Das geht leider nicht, meine Liebe. Es ist nicht der richtige Ort für dich."

„Was heißt das? Inwiefern nicht der richtige Ort?"

„Komm schon, du musst essen, schau dich an, wie mager du geworden bist. Sonst denken die Leute, ich lasse dich noch hungern."

Francisca legte die Gabel beiseite, nun war ihr endgültig der Appetit vergangen, zumindest für diesen Tag. „So oft bin ich allein hier. Ich hatte gehofft, dass wir mehr Zeit miteinander verbringen könnten. Jeden Morgen bist du bei diesem Verein." Sie bemühte sich nicht mehr, ihre wachsende Enttäuschung zu verbergen.

„Wohlfahrt. Nicht irgendein Verein. Wir kümmern uns um Armenpflege und Wohltätigkeit. Die bedürftigen Familien brauchen mich. Was meinst du, was wir in

Hamburg für Zustände hätten, wenn sich niemand um die Verteilung von Lebensmitteln und Kleidung kümmert? Wenn es die Suppenküchen nicht mehr gäbe?“

„Du lenkst ab.“

„Wir haben jetzt zwei Stunden zusammen, Francisca. Lass uns diese Zeit genießen, ja? Und nicht streiten.“

Bevor Francisca antworten konnte, klingelte es an der Tür. Magdalena stand abrupt auf. „Das wird … mein Fahrdienst sein. Ich muss wirklich los. Es tut mir leid.“

Francisca blieb sitzen. Sie erwiderte Magdalenas Winken nicht. Es dauerte nur Sekunden, bis die Tür ins Schloss fiel.

Francisca ertrug den Anblick des gedeckten Tisches nicht mehr. Sie zog sich in ihr Zimmer zurück und streifte im Vorbeigehen mit den Fingerkuppen über die Rücken der Bücher im Regal. Schließlich zog sie die Gesamtausgabe von „Also sprach Zarathustra“ von Friedrich Nietzsche heraus. Gedankenverloren blätterte sie das Buch durch, ohne wirklich einen Satz zu erfassen. Jedes Wort schien durch sie hindurch zu fließen, ohne Spuren zu hinterlassen, ihre Gedanken wanderten zwischen den Erinnerungen an Ike, den staubigen Wegen von Barrancosol und der Stille dieses Zimmers, die ihr immer bedrückender schien.

Wütend legte sie das Buch zur Seite. Sie schaute zum Fenster, wo die schwere Gardine den Blick auf das trübe Hamburger Wetter verhüllte. Es war, als würde das Zimmer schrumpfen, als würden sich die Wände auf sie zubewegen. Sie musste hier raus, sie brauchte Luft,

Bewegung, etwas, das sie aus der inneren Erstarrung befreite.

Sie ging zu ihrem Koffer, den sie noch immer nicht vollständig ausgeräumt hatte, zog ihr schönstes Kleid heraus – das blaue Sommerkleid mit weißen Stickereien, das sie so oft in Spanien getragen hatte, als ihr Leben nicht in Scherben gebrochen war. Es war unpassend für das nasskalte Wetter in Hamburg, doch das war ihr gleichgültig.

Im Flur betrachtete sie sich im Spiegel. Es stimmte, sie hatte deutlich an Gewicht verloren, das Spiegelbild zeigte eine junge Frau, die zugleich zerbrechlich und entschlossen wirkte, die braunen Locken zu einem strengen Dutt frisiert, die Haut so blass, dass die blauen Augen noch intensiver hervorstachen. Sie wandte sich vom Spiegel ab, griff nach ihrem Mantel und verließ das Haus.

Der eisige Wind, der vom Meer herüberwehte, ließ sie kurz die Luft anhalten. Er zerrte an ihrem Kleid und zog einige Locken aus dem Dutt. Sofort fühlte sie sich lebendiger. Sie eilte die Straße entlang, damit ihr von der Bewegung warm wurde, vorbei an den Bürgerhäusern mit ihren gepflegten Fassaden und den sorgsam angelegten Gärten. War es ein Fehler gewesen, Barrancosol zu verlassen? Um nicht in Tränen auszubrechen, zwang sie sich, nicht darüber nachzudenken, sondern sich auf ihre Schritte zu konzentrieren.

Sie eilte weiter, ohne Ziel, getrieben von einer inneren Unruhe, die sich nicht legen wollte, obwohl sie schon außer Atem war und stehen bleiben musste, bis sich das

Seitenstechen legte. Ihre Gedanken kreisten weiterhin um Ike, um das, was gewesen war, und das, was hätte sein können.

Die Wolken hingen seit Tagen schwer und grau über den Dächern, als wollten sie alle Farben und alles Lebendige darunter ersticken. Sie kreuzte breite Einkaufsstraßen und enge Gassen. Als sie auf die Hamburger Esplanade trat, brach die Sonne durch die dichte Wolkendecke. Das Licht fiel weich und golden auf die Häuser, die Bäume, die wie Soldaten in mehreren Reihen standen, strahlten mit ihren neuen Blättern in hellem Grün. Francisca lief zwischen den Baumreihen entlang, reihte sich ein zwischen unzähligen Spaziergängern, Reitern, Kutschen, Liebespaaren und Menschen, die ihre Hunde ausführten. Kinder spielten zwischen den Bäumen Fangen, die Bänke zum Verweilen waren alle besetzt. So ging sie weiter zur Uferpromenade, wo sie eine leere Bank fand mit Blick auf die Binnenalster. Sie setzte sich in der Nähe des Wassers und beobachtete die Enten und Schwäne und die Menschen, die vorbeikamen.

Kurz nachdem sie sich gesetzt hatte, gesellte sich eine ältere Dame zu ihr. Sie trug ein elegantes, wenn auch abgetragenes Kleid und hatte ihr graues Haar zu einem strengen Knoten gebunden, mit so vielen Haarklammern fixiert, dass selbst der Wind ihrer Frisur nichts anhaben konnte.

„Ein schöner Tag, nicht wahr?“, begann sie das Gespräch.

„Ja, wirklich.“ Francisca war dankbar für die Gesellschaft.

Die Unterhaltung der beiden Frauen entwickelte sich schnell von Belanglosigkeiten zu persönlicheren Themen. Als die Dame erfuhr, dass Franciscas Vater Zirkusdirektor gewesen war, klatschte sie vor Begeisterung in die Hände. „Oh, das erinnert mich daran, dass hier in Hamburg kürzlich ein Elefant zur Schau gestellt wurde, im Tierpark Hagenbeck. Ein dressierter Elefant, er war Teil der Völkerschau. Wirklich eine Sehenswürdigkeit."

„Ein Elefant, hier in Hamburg?" Francisca setzte sich aufrechter. „Wie weit ist das denn von hier entfernt?"

„Naja, zu Fuß sind es bestimmt eineinhalb oder zwei Stunden, allerdings – sehen Sie die Haltestelle? Da drüben? So sind Sie in einer halben Stunde dort", erklärte die Dame und beschrieb den Weg detailliert.

Francisca prägte sich jedes Wort ein. Sie bedankte sich und machte sich nach einem kurzen, herzlichen Abschied auf den Weg zum Tierpark Hagenbeck.

Das weitläufige Gelände des Tierparks Hagenbeck faszinierte sie sofort in seiner offenen Gestaltung und wie die Tiere präsentiert wurden. Statt trister Käfige sah sie große Freilandgehege, die geschickt gestaltet waren: Üppige Grünflächen, angelegte Hügel und Wasserläufe boten den Tieren Freiraum.

Staunend ging Francisca von einem Gehege zum nächsten. Sie entdeckte eine Herde Giraffen, die sich elegant und ruhig durch ihr Terrain bewegten. Sie entdeckte Löwen, die in der Nachmittagssonne dösten.

Doch die Frau von der Binnenalster hatte sich geirrt:

Es gab nicht nur einen Elefanten, sondern eine ganze Herde auf einem weitläufigen Platz, wo ein junger Tierpfleger gerade mit der Fütterung begann. Die Elefanten, majestätisch und doch sanftmütig, genau so, wie sie Carl kennengelernt hatte, näherten sich dem Pfleger, der große Mengen Heu und Obst bereithielt. Sie beobachtete, wie die Tiere mit ihren Rüsseln geschickt das Futter aufnahmen.

Dann hörte sie neben sich eine vertraute Sprache. Ein spanisch sprechendes Ehepaar stand neben ihr und diskutierte lächelnd über die intelligenten Bewegungen der Elefanten.

„Ja, ganz unglaublich", erwiderte Francisca auf Spanisch, so kamen sie ins Gespräch und sofort spürte Francisca eine Verbundenheit, wie sie sie die vergangenen Wochen vermisst hatte. Das Paar stellte sich als Emilio und Carmen vor, sie waren auf ihrer Hochzeitsreise.

Viel zu früh verabschiedeten sich die beiden wieder, so blieb Francisca stehen, bis ein Geräusch ihre Aufmerksamkeit erregte. Eine Mischung aus Trommeln und fremdartigen Gesängen lockte sie in eine andere Richtung des Parks. Sie folgte dem Klang, der lauter und drängender wurde, bis sie vor einem abgegrenzten Bereich stand, der einem afrikanischen Dorf nachempfunden war.

Das „Dorf" war umgeben von hohen Zäunen, und Schilder priesen die „exotische Attraktion" an: „Gefährliche Wilde aus Afrika. Vorsicht: Menschenfresser." In der Mitte stand ein übermäßig großer Metallkessel an einem Gestell über einem Feuer. Mit zögernden Schritten trat Francisca näher. Eine Gruppe von Männern tanzte in der Mitte des Areals um den Kessel.

Dann setzte ihr Herz aus und begann stolpernd weiterzuschlagen.

Dort war Ike. Nur mit einem Lendenschurz bekleidet. Sein Körper glänzte dunkel im Licht der späten Nachmittagssonne, während er um den großen Kochtopf tanzte.

Was ein Kontrast zu dem Ike, den sie kennengelernt hatte. Sie wandte sich ab und rief sich das Bild in Erinnerung, das sie niemals vergessen hatte: Ike, wie er in seinem dreiteiligen, schwarzen Anzug gegenübergestanden hatte, in tailliertem Sakko mit passender Weste, dem weiß gestärkten Hemd, mit Krawatte und Zylinder und seinen glänzenden Lederstiefeln.

Dann nahm sie all ihren Mut zusammen und drehte sich noch einmal um. Doch, es war unzweifelhaft Ike, der fast vollständig nackt ums Feuer tanzte. So gerne würde sie ihm helfen, irgendetwas tun, aber was?

„Vorsicht, gehen Sie nicht zu nah ran", sagte ein Mann, packte sie am Arm und zog sie ein Stück weit zurück. In seiner Stimme lag ein wohliger Grusel. „Haben Sie die Warnschilder nicht gelesen, junges Fräulein?"

Francisca sah aus dem Augenwinkel zu den anderen Besuchern. Sie schienen alle fasziniert, manche lachten, Halbwüchsige schubsten sich gegenseitig nah an den Zaun. Sie konnte die Blicke, die Bemerkungen und das Grinsen der Menge kaum ertragen. Jedes Lachen, jede Geste der Schaulustigen wie ein Schlag in ihr Gesicht.

Sie presste die Hände gegen ihren Mund, um den Aufschrei, den sie fast ausgestoßen hätte, zu unterdrücken.

Dann hob Ike den Blick.

Er sah sie an und erkannte sie sofort, daran hatte sie keine Zweifel.

Dienstag, 17. Mai 1887

Seit fünf Nächten schlief Francisca kaum noch, denn sobald sie einnickte, tauchten die Bilder von Ike in ihren Träumen auf, wie er ohne Carl und fast nackt in einem Gehege ausgestellt wurde. Dann schreckte sie sofort hoch und war für Stunden hellwach. Von ihrem Frühstück hatte sie noch keinen Bissen angerührt.

„Stell dir vor, Francisca, wir haben einen wunderbaren Ort in der Nähe des Hafens gefunden, ganz ideal für die neue Suppenküche“, sagte Magdalena, enthusiastisch unterlegte sie ihre Worte mit großen Gesten. „Es gibt so viele bedürftige Seelen dort, und wir könnten wirklich etwas bewirken.“

Francisca nickte mechanisch, ihre Gedanken kreisten weiterhin unablässig um Ike. Bisher hatte sie keine zweite Gelegenheit gefunden, sich unbemerkt davonzuschleichen, um ihn wiederzusehen.

„Und was sagst du dazu?“

Magdalenas Frage riss Francisca aus ihren Gedanken. „Äh, ja, natürlich. Das klingt wunderbar.“ Ihr Hals war wie zugeschnürt, ihre Finger zitterten. Schnell schob sie ihre Hände zwischen Oberschenkel und Stuhl.

Magdalena hielt einen Moment inne, dann fuhr sie fort. „Ich habe auch gedacht, wir könnten heute Nachmittag eine Kutschfahrt durch die Stadt machen. Du hast recht, wir unternehmen viel zu wenig miteinander. Jetzt, wo du schon da bist, wo wir die Möglichkeit haben, uns richtig kennenzulernen ... Es wäre schön, dir alles zu zeigen. Oder wir könnten ins Konzert oder in die Oper gehen. Was hältst du davon?“

Francisca zupfte mit den Fingerkuppen am Saum ihrer Serviette. „Das ist wirklich eine fantastische Idee, aber ...“

„Aber was, meine Liebe?“ Magdalena lehnte sich vor.

Francisca gelang es kaum, dem Blick ihrer Tante standzuhalten. Sie war kurz davor, das auszusprechen, was ihr seit Tagen nicht aus dem Kopf ging. Sie brauchte Hilfe. Dringend. Doch sie kannte Magdalena nicht gut genug, um deren Reaktion einzuschätzen. „Ich möchte dich nicht von deiner Arbeit abhalten. Du hast so viel zu tun.“

Magdalena lachte herzlich. „Ach, Francisca, das ist keine Störung. Ich möchte, dass du dich hier wohlfühlst und ein wenig von unserer Stadt siehst. Das hast du dir doch auch so sehr gewünscht.“

Francisca senkte den Blick. „Das ist liebenswürdig, wirklich. Ich denke nur, dass ...“ Nun hatte sie vergessen, was sie eigentlich sagen wollte.

„Oder wir könnten ein kleines Kaffeekränzchen hier bei uns organisieren. Ich könnte einige Leute einladen, und du könntest ein paar Freundschaften schließen. Ich habe sogar schon begonnen, passende Heiratskandidaten auszusuchen. Alle werden sich um dich reißen, meine Liebe."

Franciscas Hals schnürte sich weiter zu. Ihr wurde abwechselnd heiß und kalt. „Tante, ich ..." Francisca schluckte, doch der Kloß im Hals fühlte sich nur noch dicker an. „Ich bin dir sehr dankbar für all deine Mühen. Gib mir Zeit, hier anzukommen. Ich kann über all das nicht nachdenken, nicht jetzt. Heiraten. Das ist ein Schritt, der muss wohlüberlegt sein."

„Genau das tue ich. Ich mache mir unentwegt Gedanken, wie ich dir helfen kann, Fuß zu fassen in der neuen Umgebung." Magdalena setzte ihre Teetasse ab. Porzellan schepperte auf Holz. „Was ist nur los mit dir, meine Liebe? Du scheinst so abwesend. Ist alles in Ordnung?"

Francisca rang mit sich, die Worte zu finden, die ihre innere Zerrissenheit beschreiben konnten, ohne zu viel zu verraten. „Es ist nur ... ich bin noch dabei, mich hier einzuleben."

„Aber das ist es doch gerade. Und ich möchte dir helfen. Du musst mir nur sagen, was du brauchst."

Francisca schüttelte den Kopf, unfähig, ihre Tante anzusehen. „Ich weiß. Vielleicht hilft es mir einfach, wenn ich den Tag allein verbringe in meinem Zimmer, damit die Gedanken zur Ruhe kommen."

„Du weißt, du kannst mir alles erzählen."

Francisca schwieg.

Magdalena seufzte, dann stand sie abrupt vom Frühstückstisch auf, griff nach ihrem Hut und strich den Samt glatt. „Vergiss nicht, dass es wichtig ist, sich auch der Gemeinschaft anzuschließen und sich nützlich zu machen. Du kannst nicht unentwegt hier herumsitzen und dich dem Müßiggang hingeben. Das ist wider unsere Bestimmung."

Francisca zwang sich, aufzuschauen.

„Nun ..." Magdalena zuckte mit den Schultern. „Ich werde jetzt aufbrechen. Wir haben heute viel zu tun, besonders mit der neuen Suppenküche. Kommst du sicher nicht mit? Es könnte dir helfen, dich ein wenig abzulenken."

Franciscas Schultern spannten sich an. Erst der Schmerz im Kiefer zeigte ihr, wie fest sie auch ununterbrochen die Zähne aufeinanderpresste. Die Vorstellung, den ganzen Tag unter Menschen zu sein, die nichts von Ike wussten, war unerträglich. Wie konnte sie erklären, was für andere unfassbar war? Ihre Zuneigung zu Ike? Was einem Skandal nicht nur gleichkam, sondern mehr noch, eine Katastrophe war?

„Danke. Wirklich. Aber ich denke, ich bleibe heute zu Hause. Vielleicht lese ich ein wenig oder gehe später spazieren."

Magdalena wandte sich ab. „Nun gut, aber vergiss nicht, du kannst nachkommen, wenn du magst." Sie ging zur Tür und verließ die Wohnung.

Als die Tür hinter Magdalena ins Schloss fiel, ließ Francisca den Kopf in ihre Hände sinken. Die Stille des

Hauses war wie eine Erlösung. Endlich allein, dennoch kam sie sich wie eine Gefangene vor. Nach einer Weile stand sie auf und ging zum Fenster. Sie beobachtete, wie ihre Tante die Straße entlangging, umgeben von einigen Frauen in ähnlich strengen Kleidern, alle bereit, Gutes zu tun. Nun kam sie sich noch nutzloser und wertloser vor im Vergleich zu all dem Streben und den Anstrengungen ihrer Tante und deren Freundinnen.

Sie wandte sich vom Fenster ab und verließ auch das Haus. Erleichtert registrierte sie die Pferdekutsche, die nur einige Meter entfernt wartete und nicht reserviert schien. Ihre Handflächen waren feucht, und ihr Herz hämmerte gegen ihre Brust. Der Kutscher nickte ihr zu, als sie zögerlich näher trat.

„Zum Tierpark, bitte", sagte sie, öffnete die Tür und stieg ein, ohne auf seine Unterstützung zu warten.

Der Kutscher schüttelte über ihre Eile den Kopf, schnalzte mit der Zunge, und die Pferde setzten sich in Bewegung.

Während die Kutsche über das Kopfsteinpflaster rumpelte, versuchte Francisca, ihre Gedanken zu ordnen und einen Plan zu fassen. Doch je mehr sie grübelte, umso aussichtsloser schien ihr das Unterfangen, Ike zu befreien, um ihn mit in Magdalenas Wohnung zu nehmen. Sie griff fest in die Sitzpolster der Kutsche, ihre Finger suchten Halt und fanden ihn doch nicht.

Als die Kutsche schließlich vor dem Tierpark hielt, sprang Francisca heraus, zahlte den Kutscher, ohne auf das Wechselgeld zu warten, und eilte zum Eingang. Das Anstehen am Kassenhäuschen schien ihr wie eine Ewigkeit. Sie ignorierte die anderen Gehege, die exotischen Tiere und die frühen Besucher, die sich bereits im Park verteilt hatten. Ohne Umweg hastete sie zu dem nachgebauten afrikanischen Dorf.

Der Park war gerade erst geöffnet worden, und die Morgenluft war noch eisig, doch Francisca fror nicht, im Gegenteil. Bald erreichte sie den Bereich, in dem Ike fünf Tage zuvor getanzt hatte. Er stand ruhig da und sah in den Himmel.

Sie traute sich nicht, ihn zu rufen, faltete nur die Hände wie zu einem stummen Gebet.

Dann sah Ike direkt zu ihr herüber. Er lächelte, trotz der Kälte, obwohl er wieder nur einen Lendenschurz trug. Francisca erwiderte sein Lächeln. In diesem Moment war alles andere um sie herum verschwunden. Die Welt reduzierte sich auf den Raum zwischen ihnen.

Mehrmals sah sich Francisca um, bis sie sicher war, dass sie allein waren, dass niemand sie sehen konnte. Dann trat sie näher an den Zaun heran. Ihr Puls schlug so laut in ihren Ohren, dass es ihr wie Trommelschläge vorkam. Sie griff durch das Gatter, und Ike kam ebenfalls näher, bis sich ihre Hände berührten. Francisca beugte sich vor, ihre Lippen fanden seine Lippen. Sie schloss die Augen, spürte seine Wärme, schmeckte Reste von Milch und Brot an seinen Lippen und atmete seinen Geruch ein, der sie an Wald und Moos erinnerte.

Dann löste sich Ike unvermittelt. Mit weit geöffneten Augen schaute er sich panisch um. „Das dürfen wir nicht."

„Ich verstehe das alles nicht. Was ist hier los? Wo ist

Carl?“ Sie hielt inne, obwohl es noch so viele weitere Fragen gab, die sie ihm stellen wollte.

„Carl ist tot. Seit vier Monaten schon. Im Winter, als es hier so kalt wurde, ist sein Rüssel erfroren. Ich habe alles getan, um sein Leben zu retten. Alles habe ich versucht, die Infektion zu stoppen, dann war nur noch eine Amputation möglich. Wenn es nur geholfen hätte, aber es war zu spät, als ich der Amputation zugestimmt habe. Er ist aus der Narkose nicht mehr aufgewacht. Sein Allgemeinzustand war schon zu schlecht. Das hat alles so viel gekostet, mehr, als ich gespart hatte. Ich bin jetzt hoch verschuldet bei den Leuten, die den Park betreiben. Und um die Schulden loszuwerden, bleibt mir keine andere Wahl, als diese Arbeit zu tun. Ohne Elefant bin ich kein Dompteur mehr. Was ich war, war ich dank Carl. Ohne ihn bin ich – niemand.“

Francisca konnte nichts antworten. Alle Worte, die in ihren Gedanken auftauchten, schienen ihr hohl und leer.

„Ich kann noch dankbar sein, dass sie mich nicht davongejagt haben“, sagte Ike. „Sie haben mich nur behalten, weil sie im Winter viele hier ... verloren haben. So sieht es aus. Um meine Schulden abzuarbeiten, muss ich den Menschenfresser spielen. Ich weiß, was du denkst. Schau mich nicht so an. Ja, es ist demütigend, aber ich habe keine Wahl. So ist es im Leben eben manchmal. Es ist eine Prüfung.“ Ike sah sich nervös um.

Francisca nahm seine Hände und drückte sie fest. „Wir finden einen Weg, dich zu befreien. Das verspreche ich dir. Es gibt verschiedene Möglich...“ Bevor sie weiterreden konnte, trat einer der Aufseher näher, packte sie am Arm und zog sie zurück.

Doch er rügte nicht sie, sondern wandte sich an Ike: „Keine Gespräche mit den Besuchern. Du kennst die Regeln. Das gibt Lohnabzug. Los, zurück zu deinem Platz!“

Ike senkte seinen Blick und folgte der Aufforderung.

„Und Sie, Fräulein, Sie stören den Betrieb. Ich muss Sie bitten, sich in Zukunft von diesem Gehege fernzuhalten. Wir können Unruhestifter wie Sie nicht gebrauchen.“

Dienstag, 17. Mai 1887

Nach Stunden auf den regennassen Straßen Hamburgs unterwegs, kam Francisca das vertraute Wohngebäude wie eine rettende Insel vor. Wenn sie hochblickte, sah sie das Fenster ihres Zimmers. Ihre Füße schmerzten, ihre Haare klebten an der Stirn, der Dutt hatte sich gelöst. Ihr Kleid war schlammbespritzt. Ihre Gedanken schwirrten noch um Ike, als sie innehielt und lauschte. Aus der Wohnung ihrer Tante klang Musik: Saxofon und Klavier.

Sie verharrte kurz verwundert, dann schloss sie die Haustür auf, stieg die Treppe hinauf. Die Musik wurde lauter. Vorsichtig öffnete sie die Wohnungstür und blickte von der Türschwelle aus hinein. Alle Türen standen offen. Die faltbare Trennwand zwischen Wohn- und Schlafzimmer war entfernt worden, und das neu entstandene, große Zimmer war in einen eleganten Salon verwandelt. An den Gardinenstangen und den Stehlampen hingen Girlanden und bunte Bänder, Blumendekorationen standen auf den Kommoden, dem Tisch und dem Klavier. Das Zimmer war gefüllt mit Gästen, die in Festtagskleidern und Anzügen tanzten und lachten. Damen schwangen ihre Röcke im Rhythmus des Saxofons, eng umschlungen mit ihren Herren, Kellner in schwarz-weißen Uniformen schlängelten sich geschickt zwischen den Tanzenden durch, balancierten Tabletts mit Sektgläsern und kunstvoll angerichteten Häppchen.

In einer Ecke des Raums, direkt unter dem Kristalllüster, saß ein Saxofonist und spielte, begleitet von einem Klavierspieler.

Vorsichtig drückte sich Francisca an der Wand entlang in Richtung ihres Zimmers. Dann pausierte die Musik. Ihre Schuhe schmatzten bei jedem Schritt vor Nässe. Nun hatte sie die volle Aufmerksamkeit der Gäste. Francisca schloss vor Scham die Augen.

Magdalena, die am Rande des Geschehens stand, starrte sie mit geöffnetem Mund an, dann beendete sie das Gespräch mit einem der Herren, wandte sich hektisch um und eilte zu Francisca.

„Das darf doch nicht wahr sein!“ Magdalenas Atem ging schnell, sie packte Francisca an den Schultern. „Sieh dich an. Du stehst hier wie erschöpftes, durchnässtes Häufchen Elend!“

Bestimmt wurde Francisca in ihr eigenes Zimmer gezogen. Nun begann die Musik wieder zu spielen. Kaum hatten sie die Tür hinter sich geschlossen, polterte Magdalena los: „Bist du denn von allen guten Geistern verlassen?“

„Ich bin müde und hungrig ... kümmere dich nicht

um mich. In der Küche gibt es bestimmt noch etwas zu essen, dann wasche ich mich und lege mich schlafen. Lass dich von mir bei deiner Gesellschaft nicht stören."

„Diese Feier ist für dich!" Magdalena schüttelte den Kopf. „Ich habe sie organisiert, um dir einen sehr geeigneten jungen Mann vorzustellen. Friedrich Albers, ein wohlhabender Kaufmann aus einer angesehenen Hanseatenfamilie. Er ist gebildet, kultiviert und ein großer Förderer der Künste. Er kann dir die Stabilität und den Lebensstandard bieten, den du verdienst."

Es brauchte eine Weile, bis sie begriff, was sie gerade gehört hatte. Das konnte doch nicht wahr sein! Francisca hielt angestrengt die Luft an, dann atmete sie aus und es kam ihr vor, als würde sie unter Wasser gedrückt. Die Luft um sie herum war so dick, dass sie glaubte zu ersticken. Sie hustete.

Magdalena klopfte ihr auf den Rücken, bis der Hustenreiz nachließ.

Francisca war zu perplex, um zu antworten. Dann nahm sie all ihren Mut zusammen. „Ich schätze deine Mühen wirklich, aber ich bin nicht in der Verfassung, irgendjemanden kennenzulernen. Sieh mich doch an."

„Francisca, jetzt nimm dich zusammen. Du kommst spät, aber nicht zu spät. Denke bitte an deine Zukunft. Friedrich ist nicht nur wohlhabend, sondern auch ein einfühlsamer Mann, der dich sicherlich verstehen wird."

„Wirklich, ich kann nicht ..."

„Wenn du mir das jetzt antust ..." Magdalena trat einen Schritt zurück. „Dann kannst du auch nicht mehr auf meine Hilfe bauen. So sehr ich dich als Anas Tochter und meine Nichte unterstützen will, aber irgendwann hat einmal die größte Gutmütigkeit sein Ende. Du musst das Deinige tun, damit du mir nicht endlos auf der Tasche liegst."

Francisca senkte den Blick. Die Drohung war deutlich genug ausgesprochen. Sie nickte schließlich. „In Ordnung. Ich werde mich schnell frisch machen und mich zu euch gesellen."

Magdalena half ihr, sich aus dem nassen Kleid zu schälen. Sie brachte eine große Schüssel mit warmem Wasser, damit Francisca sich waschen konnte. Erst öffnete Magdalena den Kleiderschrank, der noch nicht eingeräumt war, dann klappte sie den Koffer auf, der auf dem Stuhl vor dem Bett stand.

„Alles verknittert. Aber damit können wir uns jetzt nicht aufhalten. Beeile dich. Ich suche dir ein trockenes, elegantes Kleid von mir heraus." Während Francisca sich wusch, legte Magdalena das Kleid und einige Ketten, Ohrringe und Armreife bereit. „Vergiss nicht, Schmuck anzulegen. Wähle etwas Passendes aus."

Eilig tat Francisca, was ihr aufgetragen war, dann ordnete sie schnell ihre Haare, band sie zu einem Knoten und schlüpfte in das trockene Kleid. Ihr Spiegelbild zeigte eine erschöpfte, aber perfekt gekleidete junge Frau. Sie atmete tief durch, öffnete ihre Zimmertür und betrat den Salon.

Das Klavierspiel und die ausgelassenen Stimmen umfingen sie.

Magdalena, die Franciscas Auftritt mit einem strahlenden Lächeln begrüßte, eilte sofort herbei mit einem

Glas Sekt und Käsehäppchen auf einem kleinen Teller. „Hier, meine Liebe. Das wird dir guttun."

Francisca, die selten Alkohol trank, nippte vorsichtig an dem Glas. Champagner prickelte auf ihrer Zunge. Sie zwang sich zu einem Lächeln und probierte ein Käsehäppchen.

Noch bevor sie sich sammeln konnte, führte ihre Tante sie zu einem Mann, der sich durch seine hochgewachsene Statur und sein selbstbewusstes Auftreten von den übrigen Gästen abhob. Er war schlank, mit markanten Gesichtszügen und einer sorgfältig zur Seite gekämmten, blonden Haartolle. Er trug einen dunkelblauen Anzug mit einem diskreten, grauen Streifen, perfekt geschnitten, um seine schlanke, aber muskulöse Figur zu betonen. An seinem Revers prangte eine silberne Krawattennadel. Bei seinem Anblick kamen keine Zweifel an seinem Reichtum und seinem sozialen Status auf. Nun wusste Francisca auch, warum ihre Tante gerade ihn als Heiratskandidaten ins Auge gefasst hatte.

„Francisca, darf ich vorstellen: Friedrich Albers, ein angesehener Kaufmann hier in Hamburg. Friedrich, das ist meine geliebte Nichte, Francisca López, von der ich Ihnen schon so viel erzählt habe."

Friedrich verbeugte sich. Sein Lächeln erreichte jedoch seine Augen nicht. „Was ein Vergnügen, Fräulein López."

Seine Stimme klang zu kontrolliert, fand Francisca. „Das Vergnügen ist ganz meinerseits, Herr Albers."

Magdalena zog sich diskret zurück.

Friedrich erzählte von seinen Geschäften, seinen Reisen durch Europa und seiner Leidenschaft für die Kunst. Doch je länger er sprach, desto mehr driftete das Gespräch zu Themen ab, die Francisca unangenehm waren. Friedrich äußerte sich herablassend über Leute „geringerer Herkunft“ und machte abfällige Bemerkungen über das „einfache Volk“, das er als notwendiges Übel in der Gesellschaft betrachtete. „Irgendjemand muss ja die Drecksarbeit machen.“

Franciscas Wangen prickelten vor Ärger. Was mochte Magdalena ihm erzählt haben? Wusste sie nicht, dass ihr Vater Juan aus einer Zirkusfamilie stammte? Sie war stolz auf ihre Herkunft und hatte auch nicht vor, diese zu verleugnen.

„Ich habe große Pläne für mein Geschäft …“, begann er zu monologisieren.

An ihrem langandauernden Schweigen schien er sich nicht zu stören, im Gegenteil, dadurch fühlte er sich nur in seinen Ansichten bestärkt.

Francisca richtete sich auf und sah Friedrich direkt in die Augen. „Herr Albers, auch ich habe große Pläne für meine Zukunft. Ich arbeite hart daran, mein Bein weiter zu trainieren, und mein Ziel ist es, wieder auf dem Seil zu tanzen.“ Es war ihr gleichgültig, sollte Magdalena erfahren, was sie gesagt hatte.

Friedrich presste die Lippen aufeinander. Dann prustete er laut auf. Schließlich verstummte er. Er brauchte eine Weile, um sich zu sammeln. „Auf dem Seil tanzen? Wirklich, Fräulein López? Das sind doch keine angemessenen Ambitionen für eine Dame.“

„Es scheint, Herr Albers, dass unsere Vorstellungen vom Leben sehr unterschiedlich sind. Ich danke Ihnen für Ihre Zeit.“ Ohne auf eine weitere Antwort zu warten, wandte sie sich ab, nahm sich noch einige Häppchen vom nächsten Tablett und verließ den Salon, um in ihr Zimmer zurückzukehren.

Eine halbe Stunde später wurde Franciscas Zimmertür geöffnet. Magdalena stand im Türrahmen, das Gesicht bleich, die Hände zu Fäusten geballt. „Was zur Hölle hast du dir dabei gedacht? Ich habe all meine Mühe aufgewandt, um die Wogen wieder zu glätten. Was gewiss nicht einfach war! Sogar die Eltern von Friedrich musste ich beruhigen. Du wirst jetzt mit mir in den Salon zurückkommen, dich zusammennehmen und dich gut präsentieren, wie ich es von dir erwarte. Du wirst mich nicht noch einmal enttäuschen. Davon hängt deine Zukunft ab.“

Francisca richtete sich im Bett auf und setzte sich auf die Bettkante. Ihre Gedanken rasten und ihr wurde übel. Sie musste aufstoßen, die Reste vom Champagner und Käse hinterließen einen fauligen Nachgeschmack. „Du verlangst, ich soll meine Träume aufgeben, nur um jemandem zu gefallen, der mich nicht respektiert? Er sucht doch gar niemanden wie mich. Er möchte eine Dame aus der feinen Gesellschaft, die ihm auch genügend Bewunderung zollt.“

„Niemand kann etwas gegen meine Herkunft und die deiner Mutter sagen. Wenn nicht wir zur besseren Gesellschaft gehören, deiner Meinung nach, wer denn dann? Unser Stammbaum kann sich sehen lassen! Sieh der Realität in die Augen. Du kannst nicht ewig hier sitzen und nichts tun. Schwebt es dir vor, dass du dauerhaft von meinem Wohlstand lebst, ohne einen Beitrag zu leisten oder dir eine Zukunft aufzubauen?"

„Würdest du mich etwa auf die Straße setzen, wenn ich deinen Vorstellungen nicht entspreche?" Nie zuvor hatte Francisca ihre Tante so hart und unerbittlich erlebt. Aber das konnte doch nicht ihr Ernst sein? Meinte sie wirklich ... Francisca verbot sich, weiterzudenken.

„Wenn du mir keine andere Wahl lässt, ja. Ich tue dies zu deinem Besten. Du musst begreifen, dass das Leben nicht nur aus Träumen und Wünschen besteht."

Es war, als würde der Boden unter ihren Füßen wanken und das Bett, auf dem sie saß, sich drehen.

„Auf jetzt. Es ist meine letzte Aufforderung", sagte Magdalena.

Francisca sammelte all ihre Kräfte und trat erneut in den beleuchteten Salon, wo die Feier weiterging – ohne sie oder mit ihr, das spielte keine Rolle. Friedrich Albers stand in einer Gruppe von Gästen und unterhielt sich, dann sah er auf und bemerkte sie. Sein Blick glitt kurz zu ihr hinüber. Er nickte seinen Gesprächspartnern zu, kam auf sie zu, ein Lächeln auf den Lippen.

„Fräulein López, es tut mir leid, wenn ich zuvor zu unerbittlich erschien. Denn so bin ich nicht. Ich hoffe, wir können einen neuen Anfang wagen?" Er reichte ihr die Hand.

„Ja, das hoffe ich auch, Herr Albers."

Friedrich forderte sie mit einer Verbeugung zum Tanz auf.

Bald fanden sie gemeinsam in den Rhythmus des Walzers. Ihre Bewegungen waren steif und unsicher, Friedrichs Hand lag fest auf ihrem Rücken. Langsam lockerten sich ihre Körper und Francisca tat, wofür sie keine Alternative sah: Sie nickte zu Friedrichs höflicher Konversation über seine Reisen des vergangenen Jahres, von Schwierigkeiten, einen guten Gärtner zu finden, und gestiegenen Preisen.

Das Klavier und das Saxofon stimmten nun eine lebhaftere Melodie an. Friedrich hielt inne. „Kennen Sie diesen Tanz? Man nennt ihn Polka. Oder ist es eine Mazurka? Wie auch immer, mir steht nicht der Sinn nach diesem volkstümlichen Gehopse. Warten wir auf den kommenden Walzer."

Die anderen Gäste lachten und tanzten, der Kristallüster warf schimmernde Lichter auf die geröteten Gesichter.

Doch die Fröhlichkeit wurde jäh unterbrochen, als es schrill und lang anhaltend an der Tür läutete.

Die Musik stoppte.

Magdalena sah besorgt aus dem Fenster, dann entschuldigte sie sich und eilte zur Tür.

Dort standen zwei Polizeibeamte. „Guten Abend, wir entschuldigen uns für die Störung, aber es gab Beschwerden wegen Lärmbelästigung aus der Nachbarschaft. Wir müssen Sie bitten, die Feier zu beenden."

Ein Raunen ging durch die Menge. Die Gäste, sichtlich enttäuscht und frustriert, begannen widerwillig, ihre Mäntel zu holen und sich unter den Blicken der Polizisten zu verabschieden.

Friedrich verneigte sich vor Francisca zum Abschied. „Es scheint, als müssten wir unser Gespräch ein andermal fortsetzen."

„Ja, vielleicht." Mochte er es sich noch anders überlegen. Mochte er sich anderweitig verlieben. Oder ein Wunder geschehen, das sie vor der Zukunft rettete, die sich wie eine unüberwindbare Mauer vor ihr auftürmte. Francisca gelang es nicht, zu lächeln, stattdessen machte sie einen Knicks und neigte den Kopf. „Einen guten Abend wünsche ich noch. Und danke für den wundervollen Tanz."

Als die letzten Gäste gegangen waren, sah der Salon verwüstet aus – benutzte Teller und halb gefüllte Gläser standen auf allen Schränken und Fensterbänken, Stühle waren umgestoßen, verstreute Servietten und Dekorationen auf dem Boden.

Magdalena wandte den Blick ab. „Wir haben für morgen vier Helferinnen bestellt, um aufzuräumen. Lass uns jetzt schlafen gehen."

Francisca schloss erleichtert die Tür hinter sich. Sie zog sich langsam aus, löschte das Licht und legte sich ins Bett. Die Vorhänge ließ sie offen und drehte sich auf den Rücken, um durch das Fenster nach draußen zu schauen. Das Mondlicht fiel in sanften Strahlen in das Zimmer und überzog die Wände mit einem silbrigen Schleier.

Wie still die Nacht war! Nur das gelegentliche Knarren des Gebälks durchbrach die Ruhe. Francisca lauschte dem leisen Flüstern des Windes, der durch die Fensterritzen zog, und dem fernen Bellen eines Hundes. Es war, als hätte jemand die Welt draußen für einen

Moment angehalten, und alles atmete Frieden. Die Sterne funkelten wie unzählige Diamanten auf tiefblauem, schwarzem Samt. Francisca glitt in einen angenehmen Dämmerzustand. Jeder Stern schien seine eigene Geschichte zu erzählen. Franciscas Herzschlag verlangsamte sich, und die Anspannungen des Tages wichen langsam aus ihrem Körper. Mochte diese Nacht nur niemals enden!

Samstag, 21. Mai 1887

Francisca kniff sich noch einmal in die Wangen, um ihre Müdigkeit wenigstens äußerlich zu vertreiben, dann betrat sie die Küche. Magdalena, wie jedes Mal in den vergangenen Tagen die Erste am Tisch, blätterte in ihren Unterlagen, während sie hastig eine Scheibe Brot mit Butter bestrich.

„Guten Morgen", sagte Francisca betont fröhlich, auch wenn die Erwartungen von Magdalena an sie wie eine feuchte, kalte Decke über ihr lagen, die ihr jegliche Energie raubten. Wenn es nur einen Ausweg gäbe! Wenn sie doch mehr Zeit hätte ...

Schnell raffte Magdalena die Papiere zusammen und schob sie in eine Küchenschublade.

„Wir müssen uns beeilen", sagte Magdalena. „Heute Nachmittag müssen wir den Finanzplan für die Sponsoren fertigstellen. Es gibt so viel zu tun, und die Bedürftigen in der Stadt zählen auf uns."

Francisca, deren Gedanken schon beim Tierpark und bei Ike waren, seufzte leise. „Ich dachte, am Wochenende könnten wir uns etwas Ruhe gönnen." Sie setzte sich an den Tisch, goss sich einen Tee ein und spielte mit der Gabel.

Magdalena sah auf, ihre Augenbrauen zogen sich zusammen. „Ruhe? Mein Liebes, die Not der Menschen nimmt keine Rücksicht auf Wochentage. Wir haben eine Verantwortung, und ich brauche wirklich deine Unterstützung, um alles zu schaffen. Auch für dich gilt es, deiner durchaus privilegierten Position in dieser Stadt gerecht zu werden und sie nicht nur zu genießen."

„Ich verstehe das." Francisca versuchte, ihre Enttäuschung zu verbergen. „Aber wir haben die letzten Tage bis spät in die Nacht gearbeitet. Ich fühle mich einfach erschöpft."

„Erschöpft?", wiederholte Magdalena und legte ihre Lesebrille ab. „Du bist jung und stark. Diese Müdigkeit ist nichts im Vergleich zu dem, was die Menschen da draußen durchleiden müssen. Wir dürfen jetzt nicht nachlassen."

„Es ist nicht nur die Müdigkeit", gestand sie und zögerte. „Es gibt ... es gibt Dinge, die ich tun muss. Persönliche Angelegenheiten." Der Appetit war ihr auch an diesem Morgen vergangen. Schnell trank sie vom Tee, der bereits abgekühlt war, dann schob sie die Tasse beiseite.

Magdalena legte ihre Hand über die von Francisca. „Ich verstehe, dass du dein eigenes Leben hast. Möglicherweise hast du recht. Vielleicht brauchen wir beide eine Pause." Sie fasste sich an den Kopf und massierte die Schläfen. Magdalenas Augen waren eingefallen und waren von dunklen Rändern umgeben. Nachts wachte Francisca oft vom Knarren der Holzdielen auf, wenn Magdalena unruhig durch die Wohnung lief.

„Ich habe beim Waschen zwei Eintrittskarten für den Tierpark gefunden", fuhr Magdalena fort. „Du interessierst dich dafür? Ich war noch nie dort. Das könnte ein schöner Ausflug für uns beide sein, oder?"

„Der Tierpark ..." Franciscas Herz schlug schneller bei dem Gedanken an Ike. An das afrikanische Dorf. „Ja, ich war da. Es ist sehr ... interessant, aber ..."

„Warum denn nicht? Es wird uns beiden guttun, etwas Neues zu erleben. Wir machen uns einen schönen Tag im Tierpark. Mach dich fertig, meine Liebe. Und keine Widerrede. Du hast recht, wir beide sollten uns definitiv eine Auszeit gönnen."

Francisca nickte, ihre Gedanken rasten. Und wie könnte sie ihrer Tante erklären, warum sie sich seit Tagen nach nichts mehr sehnte, als erneut den Tierpark zu besuchen, sie aber dabei unbedingt allein sein musste? Sie kämmte und flocht ihre Haare, die sie anschließend zu einem Dutt steckte.

Magdalena wartete bereits in ihrem Sommermantel vor der Wohnungstür. Sie betrachtete sich kurz im Spiegel, dann setzte sie ihren eleganten Hut mit der Feder auf.

„Francisca, was ist nur los mit dir? Du scheinst wirklich beunruhigt über diesen Ausflug zu sein. Was ist es denn, was dir Sorgen bereitet? Und jetzt versuch nicht, mir weiszumachen, dass ich mit meinen Beobachtungen falschliege."

Francisca zögerte. „Es ist nur ... ich habe gehört, dass einige der Ausstellungen dort nicht sehr ... angemessen sind. Vielleicht ist es nicht der richtige Ort für einen entspannenden Tag."

„Ach, meine Liebe, du machst dir zu viele Gedanken. Ich bin sicher, es wird nicht so schlimm sein. Außerdem können wir zusammen sein und ein wenig die frische Luft genießen. Das wird uns guttun."

Francisca gab den Widerstand auf. Magdalena war so hartnäckig, eine Eigenschaft, wegen der sie sehr geschätzt wurde, war sie doch diejenige, die am unerbittlichsten Spendengelder für die Wohlfahrt eintrieb. Niemand konnte ähnliche Erfolge vorweisen.

„Bin gleich da", sagte Francisca und verschwand noch einmal in ihrem Zimmer. Sie nahm die Stofftasche und legte bereit, was sie in der vergangenen Woche organisiert hatte: Kleidungsstücke, die sie von ihrem Ersparten für Ike gekauft hatte, dazu den Brief an ihn. Die Tasche musste sie ihm irgendwie zukommen lassen, ohne dass ihre Tante davon erfuhr. Es würde nicht einfach werden, aber unmöglich war es nicht.

„Los jetzt", sagte Magdalena und wartete an der geöffneten Tür, um sie hinter ihnen abzuschließen. Dann fiel ihr Blick auf die zusätzliche Tasche. „Was hast du denn da?", fragte sie neugierig, griff nach dem Verschluss und machte Anstalten, ihn zu öffnen.

Francisca zog die Tasche schnell zurück. „Oh, das sind nur einige alte Kleidungsstücke, die ich gedachte zu spenden. Ich habe gehört, dass es im Tierpark auch eine Sammelstelle für Bedürftige gibt."

„Eine gute Idee! Lass mal sehen, was du herausgesucht hast. Vielleicht habe ich noch etwas, das ich beisteuern könnte."

„Jetzt sind wir schon aufbruchsbereit. Du warst doch diejenige, die sich beeilen wollte, dann lass uns keine Zeit verlieren."

Magdalena zog verwundert die Augenbrauen hoch und nickte schließlich. „Nun gut, wenn du meinst. Lass uns aufbrechen."

Sie traten auf die Straße hinaus, und Magdalena winkte energisch eine der vorbeifahrenden Kutschen heran. Die Pferde schnaubten und der Kutscher grüßte sie überschwänglich wie eine alte Bekannte, als er das Gefährt zum Halten brachte.

„Zum Tierpark, bitte", sagte Magdalena.

Francisca legte die Tasche sorgfältig zu ihren Füßen unter die Sitzbank.

Kies knisterte unter ihren Füßen. Die Luft im Tierpark war frisch und roch nach feuchter Erde und dem herben Duft der Tiere. Magdalena verweilte oft, um die Beschreibungen zu lesen, die an den Gehegen angebracht waren. So kamen sie nur langsam voran.

Francisca konnte ihre innere Unruhe kaum verbergen. Nervös trat sie von einem Bein aufs andere. Der Gurt der Tasche schnitt ihr in die Schulter. Sie schwitzte, obwohl die Luft nach dem nächtlichen Regenguss deutlich abgekühlt war.

„Was ist nur mit dir los heute? Du scheinst so abgelenkt“, fragte Magdalena. Sie blieb vor einem Gehege mit Hirschen stehen. „Schau dir einmal diese majestätischen Geweihe an!“

„Ich glaube, ich bin nur ein wenig müde von den letzten Tagen. Und wie recht du hast. Sieh nur, wie elegant diese Tiere sind.“

Ihre Tante ließ sich ablenken und fragte nicht weiter nach.

Am afrikanischen Dorf mit den Lehmhütten angekommen, glaubte Francisca vor Aufregung zu zerspringen. Sie hielt Ausschau nach Ike und entdeckte ihn schnell, wie er nahe einer der Hütten stand und einen extatischen Tanz vollführte, der Besucher anziehen sollte.

Magdalena klatschte Beifall, fasziniert von den Darbietungen, starrte sie auf die Menschen, die sich für sie nicht von Tieren unterschieden. Francisca nutzte den Moment von Magdalenas Ablenkung. Sie griff nach der Tasche und mit einem schnellen, unauffälligen Schwung warf sie sie über den Zaun. Rasch wandte sie sich danach ab und spielte wieder ihre Rolle als einfache Besucherin, die die Ausstellung bewunderte, während sie aus den Augenwinkeln beobachtete, wie Ike den anderen Afrikanern zunickte, die daraufhin begannen, ein Feuer in dem übergroßen Kochtopf zu entzünden, was alle Aufmerksamkeit der Besucher auf sich zog. Sie kreischten und tanzten ums Feuer, während Ike sich der Tasche näherte, sie geschickt aufhob und sie hinter seinem Körper verbarg. Er verschwand kurz in einer der Hütten. Ohne Tasche kam er eine Weile später wieder heraus und nickte Francisca zu, dann schloss er sich dem Tanz an.

Francisca hätte vor Erleichterung am liebsten in die Hände geklatscht. Sein Nicken war das Zeichen, dass er ihre Nachricht bekommen hatte. Irgendwie würde es ihm gelingen zu fliehen. Sie würden sich morgen, am Sonntag, vor dem Haus ihrer Tante treffen. Und dann würden sie gemeinsam in ein neues Leben aufbrechen, für das sie noch einiges vorbereiten musste.

„Komm, lass uns weitergehen“, rief Magdalena.

Francisca folgte ihrer Tante. Hoffentlich würde sich dieser fürchterliche Ort mit der menschenverachtenden Schau zu einem Ort wandeln, der eine Brücke zu einer neuen Zukunft für sie beide würde.

Unvermittelt hielt Magdalena inne und blieb stehen. Sie taumelte leicht. „Diese Kopfschmerzen! Vielleicht war die Sonne doch zu stark heute. Lass uns nach Hause fahren, ich muss mich hinlegen.“ Dann schüttelte Magdalena den Kopf. „Aber deine Tasche! Die mit den Kleidungsstücken, die du spenden wolltest. Wo ist sie?“

„Oh.“ Francisca schaute sich um, um Zeit zu gewinnen. „Ich muss sie ... irgendwo liegen gelassen haben.“ Ihr gelang es überraschend gut, ruhig zu bleiben.

„Wir müssen zurück! Vielleicht hat sie jemand gefunden. Wir können auch die Parkaufsicht fragen“, insistierte Magdalena.

„Tante, bitte, es waren nur alte Kleider. Nichts Wertvolles. Dir ist es nicht wohl, wir sollten wirklich nach Hause. Ich kann ein andermal zurückkommen und nach der Tasche sehen. Es ist an der Zeit, dass du nicht immer nur die anderen, sondern auch einmal dich und dein Wohl in den Vordergrund stellst. Wem ist gedient, wenn du wegen einer alten Tasche und wertlosen Kleidungsstücken noch vollständig ausfällst und in der nächsten Woche nicht einsatzfähig bist?“

Magdalena zögerte, ihr Ausdruck schwankte zwischen Besorgnis und Erschöpfung. „Aber Francisca, wenn jemand sie findet …“

„Es ist wichtig, dass wir uns um deine Gesundheit kümmern. Das sollte über allem stehen. Mit der Tasche hast du recht, aber es reicht, wenn ich mich allein auf die Suche begebe. Ich bringe dich zur Kutsche.“

„Vielleicht hast du recht. Ich sollte nach Hause fahren.“

Sie verabschiedeten sich vor dem Park. Francisca half ihrer Tante noch beim Einsteigen. Sie winkte ihr nach, bis die Kutsche um die Ecke bog und aus ihrem Sichtfeld verschwand.

Dann machte sich Francisca auf den Weg zum Hamburger Hafen. Dort angekommen, suchte sie nach einem Schalter für Schiffskarten, der bald gefunden war. Es gab keine Schlange, so kam sie sofort an die Reihe.

„Guten Tag, ich würde gerne Informationen zu Überfahrten nach New York erhalten“, sagte sie zu der Frau hinter dem Schalter.

„Welche Klasse denn?“ Die Frau blätterte einige Register durch.

Francisca zögerte. Sie spürte, wie ihre Ohren und ihre

Wangen prickelten, wie sie errötete. „Die günstigsten Optionen, bitte." Sie blickte auf den Boden.

Die Frau zog die Augenbrauen hoch. „Zwischendeck kostet zwischen 120 und 150 Mark. Kabinenklassen beginnen bei 300 Mark aufwärts."

Francisca räusperte sich, dann verschluckte sie sich an ihrem eigenen Atem. „Und das ist pro Person?"

„Ja, natürlich. Pro Person", erwiderte die Frau, die nun sichtlich ungeduldig mit einem Bleistift auf die Tischplatte trommelte.

„Und wie ist es mit der Überfahrt ... nicht nach New York, es gibt doch auch bestimmt Städte in Amerika mit einer günstigeren Überfahrt?"

„Sie müssen verstehen, dass eine Überfahrt Kosten verursacht. Sicherheit, Verpflegung ... Das Geld müssen Sie schon aufbringen."

Francisca nickte langsam. Eine Unsumme. Sie hatte von Dörfern gehört, deren Bewohner gemeinsam nach Amerika ausgewandert sind. Wie hatten sie das finanzieren können bei den Preisen, wenn ein Tagelöhner nur zwei Mark am Tag verdiente, ein ausgebildeter Arbeiter kaum mehr als das Doppelte? Für ihre Arbeit bei der Wohlfahrt bekam Francisca gar keinen Lohn und wenn sie eine Anstellung finden würde, würde ihre Bezahlung ohne Ausbildung und ohne Erfahrung höchstens bei zwei Mark die Stunde liegen. Ihre Hoffnung schwand mit jedem Wort der Frau. „Ich verstehe, danke für die Informationen."

Die Frau nickte knapp. „Der nächste Kunde wartet

bereits hinter Ihnen. Wenn Sie bitte zur Seite treten würden. Auch ich muss meine Arbeit tun."

Francisca wandte sich ab. Noch einmal ging sie die Zahlen im Kopf durch. Sie wusste genau, wie viel Geld von ihrer Erbschaft und ihrem Ersparten übrig war, sie brauchte nicht nachzuzählen. Mit vierundachtzig Mark in der Tasche war es unmöglich, auch nur eine einfache Passage zu bezahlen, geschweige denn zwei.

Sonntag, 22. Mai 1887

Draußen zogen graue Wolken über den Hamburger Himmel, eine kühle Brise ließ die Äste der Bäume rhythmisch tanzen. Von Ike war nichts zu sehen. Francisca setzte sich wieder an den Frühstückstisch und rührte in ihrem Tee, auch wenn sich der Zucker längst gelöst hatte. Magdalenas Stimme riss sie aus ihren Gedanken.

„Du hast kaum etwas gegessen. Fühlst du dich nicht wohl?"

„Mir geht es gut. Ich habe einfach nicht viel Appetit heute Morgen." Wieder warf Francisca einen weiteren flüchtigen Blick zum Fenster und zwang sich, nicht mit den Füßen zu wippen. Die Ungeduld in ihr brodelte, am liebsten wäre sie wie früher barfuß aus dem Haus gerannt, dann in Richtung Tierpark weitergelaufen, bis die Erschöpfung auch die Gedanken zur Ruhe bringen würde. Sie erhob sich abrupt, ihr Stuhl kratzte über den Boden. „Ich muss nur kurz nach draußen schauen."

Vom Fenster aus spähte sie die Straße hinab, wie so oft schon an diesem Tag und in der vorhergehenden Nacht. Wieder nichts. Noch immer kein Zeichen von Ike. Die Enttäuschung ließ ihre Schultern sinken.

Hinter ihr raschelte Magdalenas Kleid. „Was erhoffst du am Fenster zu sehen? Was ist es, das dich so ablenkt?"

Francisca rang mit sich. Wie viel durfte sie ihrer Tante erzählen? Doch bevor sie zu einer Entscheidung kommen konnte, läutete es schrill und lang anhaltend an der Wohnungstür. Beide Frauen zuckten zusammen.

„Ich erwarte niemanden", murmelte Magdalena, wandte sich ab und hastete den Flur entlang. Francisca folgte ihr.

Vier ärmlich gekleidete Männer standen vor der Tür, sie trugen zerschlissene Mäntel am Körper und ihre Hüte in den Händen.

„Guten Morgen, Frau Dr. Hansen", grüßte der Vorderste, ohne Magdalena direkt anzuschauen. „Wir müssen mit Ihnen sprechen. Es ist dringend."

Magdalena nickte. „Natürlich", erwiderte sie und warf einen kurzen Blick über ihre Schulter zu Francisca. „Entschuldige mich bitte, es ist eilig."

Francisca sah von einem der Männer zum anderen, dann zu ihrer Tante. „Was ist los? Wer sind diese Männer?"

„Es ist nichts, um das du dir Sorgen machen musst", flüsterte Magdalena, gab Francisca einen Kuss auf die Wange, dann ging sie mit den Männern mit, ohne Hut, ohne Mantel.

Vom Fenster aus beobachtete sie, wie ihre Tante,

umringt von den Männern, davoneilte und in der nächsten Seitenstraße verschwand. Von Ike war noch immer nichts zu sehen. Francisca drückte ihre Stirn gegen die kühle Glasscheibe. Wo blieb Ike nur? Die Straße füllte sich zunehmend, je später er kam, umso schwieriger war es für sie beide, unbemerkt zu bleiben. Jemand mit solch dunkler Haut, wie er es hatte, fiel auf, das ließ sich gar nicht vermeiden. War seine Flucht misslungen? Oder hatte er seine Meinung geändert?

Zunächst wie gelähmt durch das plötzliche Verschwinden ihrer Tante mit den fremden Männern, fand Francisca rasch ihre Fassung wieder. Sie nutzte die Gelegenheit, eilte in ihr Zimmer und zog den gepackten Koffer unter dem Bett hervor. Er war so schwer, dass sie ihn über den Boden zur Tür schob, anstatt ihn anzuheben. Dann durchsuchte sie die Wohnung hastig, aber systematisch.

„Verzeih mir", flüsterte sie. „Was ich nehme, sollst du alles zurückbekommen. Ich werde dir zusätzlich Geld senden. Versprochen."

Sie öffnete Schubladen, durchwühlte Schränke und hob sogar die Matratze ihrer Tante an auf der Suche nach Bargeld oder Schmuck, irgendetwas von Wert, das ihre Flucht finanzieren könnte. Doch alles, was sie fand, waren Papierstapel und Bücher – kein Geld, keine wertvollen Kleinigkeiten, nur Unterlagen und Dokumente. Ein dicker Stapel in einer der unteren Schubladen im Wohnzimmerschrank zog ihre Aufmerksamkeit auf sich. Sie zog ihn heraus und blätterte ihn durch. Was sie fand, waren Stapel von Flugblättern. Ihr Atem stockte.

Einheit ist unsere Stärke!

Arbeiter aller Branchen, vereinigt euch und kämpft gemeinsam! Nur vereint können wir die Tyrannei der Fabrikherren brechen und wahre Freiheit erlangen. Schließt euch der Bewegung an – für ein besseres Morgen!

Freie Hanseatische Kommunistische Liga

Für Land und Freiheit!

Landarbeiter und Bauern, euer Kampf ist auch unser Kampf. Lasst uns gegen die Großgrundbesitzer kämpfen, die euer Leben ausbeuten. Für faire Pacht und gerechte Verteilung des Bodens!

Freie Hanseatische Kommunistische Liga

Die Flugblätter offenbarten eine Welt, die ihr bisher fremd gewesen war, eine Welt voller Kampf und verdeckter Rebellion. Nun begriff Francisca die Bedeutung all der überstürzten Aufbrüche an den Vormittagen, an den unerwarteten Terminen spät am Abend. Francisca legte die Flugblätter beiseite und schloss den Schrank wieder zu. Was würde mit Magdalena geschehen, wenn die Polizei kam und die Wohnung durchsuchte? Sie zwang sich, nicht weiter darüber nachzudenken.

Sie verließ den Raum, setzte sich an den Küchentisch, zog ein Blatt Papier zu sich heran und begann zu schreiben:

Liebe Tante Magdalena,

gerade entdeckte ich im Wohnzimmer Flugblätter der „Freien Hanseatischen Kommunistischen Liga". Ich verstehe jetzt, warum du so oft abwesend warst und nicht offen mit mir sprechen konntest. Ich möchte, dass du weißt, dass ich nicht vorhabe, dich zu verraten oder dich in Gefahr zu bringen. Das würde ich nie tun. Aber ich muss meinen eigenen Weg gehen, so wie du offensichtlich auch. Ich werde versuchen, mit meinem Liebsten nach Amerika zu kommen und dort ein neues Leben zu beginnen, weg von allem, was hier war. Bitte suche nicht nach mir. Es ist besser so.

Ich liebe dich und werde immer an die Zeit denken, die wir zusammen hatten. Pass auf dich auf und sei vorsichtig.

Deine
Francisca.

Sie faltete den Brief, legte ihn auf den Küchentisch und warf einen letzten Blick aus dem Fenster. Endlich! Dort stand Ike, gegenüber an der Hauswand, in dem dunklen Anzug, den sie ihm gebracht hatte, der ihn ungewöhnlich förmlich und elegant erscheinen ließ. Er hatte es geschafft. Er hatte es wirklich geschafft!

Sie eilte in den Flur, schnappte sich ihren Koffer und

hastete zur Haustür hinaus und weiter die Treppen hinunter. Das Gewicht des Koffers spürte sie nicht mehr. Von der Haustür aus konnte sie Ikes Lächeln erkennen.

Beim Näherkommen rief sie seinen Namen, ihre Stimme überschlug sich vor Freude.

Ike drehte sich zu ihr um. Er grinste breit und kam auf sie zu. „Francisca, endlich!"

Sie ließ ihren Koffer fallen und umarmte und küsste ihn fest. Für einen Moment schien die Welt um sie herum zu verschwinden, alles andere war bedeutungslos geworden. Nur eins war noch wichtig: Sie waren wieder vereint.

„Im Krankenhaus dachte ich, ich würde dich nie wiedersehen", flüsterte sie.

„Und ich dachte, du wärst ...", seine Stimme brach, und er schüttelte den Kopf, als wollte er die schlechten Erinnerungen abwerfen.

„Mein Vater hat mir das Gleiche über dich erzählt." Sie löste sich ein wenig aus seiner Umarmung und sah ihn an. Seine Augen waren eingefallen, Wangenknochen traten deutlicher denn je hervor. Dünn war er geworden. „Lass uns irgendwohin gehen, wo wir ungestört reden können. Für die erste Zeit können wir von meinem Ersparten in einem Hotel unterkommen."

„Ich kenne einen besseren Ort." Ike erzählte ihr von der Pension von Frieda, einer Bekannten, die einem Freund aus Kamerun, Yaya, schon zur Flucht verholfen hatte. „Es ist sicher dort, Frieda ist vertrauenswürdig."

„Dann machen wir es so." Francisca winkte eine Kutsche herbei, während Ike darauf bestand, hinter dem

Mauervorsprung eines Hintereingangs zu warten, um keinen Verdacht zu erregen.

„Bleib bei mir, das ist nicht nötig“, sagte Francisca, doch Ike war schon verschwunden.

Sie brauchte eine Weile, bis eine Kutsche hielt. Eilig kam Ike hervor. Beim Einsteigen bemerkte nun auch Francisca die Blicke der Vorbeigehenden. Dieses Anstarren und dann betretene Starren zu Boden. Das Tuscheln. Die vor die Münder gehaltenen Hände.

„Lass uns von hier verschwinden“, sagte sie zu Ike.

Erst als die Türen hinter ihnen geschlossen waren und sie unerkannt weiter durch die Straßen Hamburgs rollten, konnte Francisca tief durchatmen. Es war wie eine Befreiung. Sie erzählte Ike von den langen Monaten im Krankenhaus, dem plötzlichen Herztod ihres Vaters und ihrer Reise quer durch Europa. Ikes Hand lag fest in ihrer, und als sie innehielt, begann er seinerseits zu berichten.

„Juan hat mir erzählt, du seist bei der Lawine umgekommen. Es hat mich fast zerbrochen.“

Francisca lehnte sich gegen Ike und küsste ihn wie eine Ertrinkende. Nie wieder wollte sie von seiner Seite weichen. Sie kannten sich noch gar nicht richtig, ihre Begegnungen waren jedes Mal begrenzt gewesen, und doch war es, als hätte sie, seit sie denken konnte, auf ihn gewartet. Als hätte sie ihn schon immer gekannt, als wäre er ein unsichtbarer Teil ihres Lebens gewesen, dessen Fehlen ein ständiges inneres Nagen verursacht hatte. Erst jetzt fühlte sie sich vollständig. Er erwiderte den Kuss mit gleicher Intensität, und als sie sich schließlich voneinander lösten, umarmten sie sich weiterhin fest.

„Es ist so vieles schiefgelaufen in der Vergangenheit", sagte sie. „Aber jetzt haben wir eine Zukunft. Gemeinsam."

„Zusammen", wiederholte er und küsste sie erneut.

Die Kutsche rumpelte über Straßen, die immer unebener wurden, aus der Stadt und dann aus den Vororten hinaus und weiter in die ländlichere Gegend der Vier- und Marschlande. Die Umgebung veränderte sich merklich. Erst wurden die Straßen enger, die Häuser kleiner, bis sie sich immer mehr vereinzelten. Nun schlängelten sich ausgedehnte Wasserwege durch die Felder. Hier und da ragten Bauernhöfe mit ihren Reetdächern hervor.

Endlich erreichten sie das Ziel: ein abgeschiedenes Bauernhaus, das sich perfekt in die ländliche Idylle einfügte. Das reetgedeckte Dach, die roten Backsteinmauern und die hohen Hecken, die das Anwesen umgaben, boten nicht nur Schutz vor den Elementen, sondern auch vor neugierigen Blicken. Hinter dem Haus breitete sich ein weitläufiger Gemüsegarten aus.

Als die Kutsche hielt und sie ausstiegen, stand Frieda Braun bereits in der Tür, um sie zu begrüßen. Ihr Körperbau war klein und korpulent, aber kräftig. Sie trug ihre Haare offen, die von ersten grauen Strähnen durchzogen waren. Über Rock und Bluse trug sie eine fleckige Schürze.

„Moinsen, seid ihr Francisca und Ike?", begrüßte sie

sie mit einer tiefen Stimme. Ihr Blick war prüfend, doch nicht unfreundlich. „Jo, kummt rein, draußen is kalt."

Die Inneneinrichtung des Hauses spiegelte die Einfachheit des ländlichen Lebens wider. Sie traten in eine große Küche, in der Mitte ein Kamin, der Wärme und Kochmöglichkeit bot. Alte Möbel, wahrscheinlich über Generationen weitergegeben, waren bereits wurmstichig. Über den Stühlen lagen handgefertigte Wolldecken.

Frieda führte sie durch den Hauptwohnraum in eines der kleinen Schlafzimmer. „Dat hier is euer Stübchen. Nich viel, aber gemütlich und sicher."

Es gab ein Holzbett mit einer dicken, mit frischem Stroh gefüllten Matratze, bedeckt mit einer groben Wolldecke, zwei Stühle und ein kleiner Tisch standen am Fenster, das hoch und klein war, sodass es wenig Licht einließ, aber auch die Kälte draußen hielt.

„De Eeten gifft dat tohoop in de Küch. Ihr könnt dor büschen op'n Hoff rumlopen, man passt op, dat ji nich to veel Utenscheids op ji tolockt. Wi wüllt nich, dat unsinnige Fragen opkamen", fügte Frieda hinzu, die nun in breiten Hamburger Platt verfiel.

Ike sah sie verständnislos an. Francisca, der der Zungenschlag ihrer Mutter nicht unbekannt war, übersetzte: „Das Essen gibt es gemeinsam in der Küche. Wir können uns frei auf dem Hof bewegen, aber sollen es vermeiden, zu viel Aufmerksamkeit zu erregen. Niemand will, dass unnötige Fragen gestellt werden." Dann wandte sie sich an die Zimmerwirtin. „Vielen Dank, Frau Braun. Es bedeutet uns viel, dass wir hier sein dürfen.“

Frieda nickte knapp. „Denn macht eerst mol gemietlich. Wenn ihr wat braucht, seggt Bescheed.“ Sie ließ die beiden allein, und Francisca setzte sich auf das Bett, dann legte sie sich, den Blick auf Ike gerichtet, der neben ihr stand und sich hochrecken musste, um durch das kleine Fenster nach draußen zu schauen.

„Wir sind sicher“, sagte er leise und drehte sich zu ihr um. „Und zusammen.“

Francisca setzte sich wieder auf, ergriff seine Hand und drückte sie fest. „Ja, zusammen.“ Noch immer war es unglaublich, dass sie es wirklich geschafft hatten. Die Last der vergangenen Wochen fiel von ihr ab. Es gab nur einen Wermutstropfen: Die Forderung von sechs Mark pro Tag schockierte Francisca noch immer. Sie hatte mit wesentlich weniger gerechnet, vielleicht fünfzig Pfennigen bis zwei Mark, nicht mehr. Sollte es nur unentwegt um Geld gehen, von dem sie immerzu zu wenig hatten?

Sie wandte sich an Ike, um das auszusprechen, was sie sich bisher verboten hatte: „Sechs Mark, Ike, das können wir uns nicht leisten! Ja, wir sind hier sicher, niemand wird Fragen stellen. Trotzdem ... Wir müssen bald woanders hin. Morgen oder übermorgen schon. Es muss doch eine günstigere Unterkunft geben.“

„Wir können nicht einfach herumziehen und nach etwas Billigerem suchen. Es gibt keine Wahl. Ich bin geflohen, und es ist nur eine Frage der Zeit, bis man mich sucht. Hier draußen fallen wir weniger auf, und Frieda ist vertrauenswürdig.“

Francisca rutschte auf die Bettkante und starrte auf ihre gefalteten Hände. „Aber sechs Mark am Tag ... das ist so viel Geld. Wie lange können wir das durchhalten?" Sie kannte die Antwort. Nur zehn Tage, da sie auch noch essen mussten. Zehn Tage waren bedeutend zu wenig, um eine Lösung zu finden.

Ike setzte sich neben sie und legte einen Arm um ihre Schultern. „Wir werden einen Weg finden, Francisca. Vielleicht kann ich hier in der Gegend Arbeit bekommen. Das Wichtigste ist: Wir müssen sicher sein, und das ist hier der Fall."

Francisca dachte nach, doch all ihre Überlegungen führten sie im Kreis. Sie konnten es sich nicht leisten, aufzufallen oder gar gefangen genommen zu werden. Für die Sicherheit, die Frieda ihnen bot, konnte sie sogar noch einen höheren Preis nehmen. Schließlich nickte sie. „In Ordnung. Wir bleiben hier, solange es notwendig ist." Bis unser Geld alle ist, fügte sie in Gedanken hinzu.

Sie verließen das Zimmer, um Frieda ihre Zustimmung zu geben. Die Wirtin nickte nur knapp, als sie den Preis akzeptierten.

„Jo, denn is dat klor. Abendbrot gifft dat um sechs", sagte Frieda. Dann drehte sie sich um und ließ sie allein.

Dienstag, 24. Mai 1887

Draußen peitschte der Wind Regentropfen gegen die kleinen, hoch angesetzten Fenster, doch in der Wohnküche des Bauernhauses herrschte durch die Petroleumlampe und das Feuer im Ofen eine Atmosphäre der Geborgenheit. Francisca und Ike hatten sich schon den ganzen Tag auf das Abendessen gefreut, ihre einzige Mahlzeit dieses Tages. Es gab frisch gebackenes Brot und eine würzig duftende Suppe aus Kartoffeln und Gemüse. Frieda wischte sich mit dem Handrücken über die Stirn, dann schnitt sie das Brot an. „Nah, dat hier is allens, wat wi hebbt, dat ward warm holen." Sie blinzelte einige Male, ihre Gesichtszüge verloren die Strenge, ihre Mundwinkel senkten sich und sie schürzte die Unterlippe. Mit einem Mal sah sie traurig aus. „Fröher weer hier Veeh, Köh, Schoap, Höhner. Nah den Dood vun mien Mann heff ik dat all verköpen mössen." Ihre Stimme wurde immer leiser, bis es nur noch ein Flüstern war.

Francisca nickte und hielt Frieda den Teller entgegen. Von Friedas Worten hatte sie kaum die Hälfte verstanden. „Sie haben wirklich ein schönes Heim hier, trotz der Schwierigkeiten“, sagte sie vorsichtig.

Frieda nickte. Sie band sich die Schürze fester und erzählte von überschwemmten Feldern am Ende des Winters und schlechten Zeiten. Sie seufzte, ihr Blick verlor sich in der Flamme der Lampe. „Man lehrt, mit dat Wenige utzekommen, wat man hett.“

Beim Essen schwiegen sie. Ikes Teller war zuerst leer. Er räusperte sich. „Auch wenn wir die Vergangenheit loslassen wollen – es funktioniert nicht. Aber was wären wir ohne unsere Erinnerungen? Ich muss immer an Carl denken, meinen Elefanten.“ Er sah zu Frieda. Sie nickte ihm zu und bedeutete ihm weiterzusprechen. „Er war mehr als nur ein Tier für mich. Er war ein Freund. In Kamerun, wo ich herkomme, haben die Menschen eine tiefe Verbindung zu den Tieren. Ich hatte gehofft, als Dompteur zu arbeiten, nicht nur, um Kunststücke vorzuführen, sondern um zu zeigen, wie mächtig und sanft solch ein großes Tier sein kann. Jetzt ist Carl tot. Und ich …“

Dann erzählte Francisca von ihrem Vater, wie er jeden Tag neue Ideen gehabt hatte, wie er andere Menschen mit seiner Begeisterung mitreißen konnte. „Er konnte auch jähzornig sein. Ich habe oft davon geträumt, mich von ihm zu lösen. Und jetzt, wo er nicht mehr ist, vermisse ich ihn doch. Sehr sogar.“ Ihre Stimme war leise, fast so, als ob sie diese Worte mehr für sich selbst als für die anderen sprach. „Die Verluste sind das Einzige, was unser Leben konstant begleitet."

Frieda hörte aufmerksam zu und nickte langsam. „Dat Leben is oft en Wirrwarr von Gefühlen. Man hängt an de Lüüd, ook wenn se een dat Leben swor maken." Sie schob ihren leeren Teller weg und lehnte sich zurück. Dann erzählte sie von dem Verlust ihres Mannes, dass sie geglaubt hatte, nie mehr glücklich sein zu können, dass sie sich anfangs sogar dafür geschämt hatte, wieder Glück zu empfinden. Durfte sie es, obwohl er tot war?

Plötzlich richtete sie sich auf. Sie sah abwechselnd von Ike zu Francisca. Sie erzählte von einer Möglichkeit, den beiden am Hafen Arbeit zu beschaffen, vielleicht bei einer der Werften. Sie habe Bekannte, die bei der Schifffahrt arbeiteten, Ike würde dort nicht auffallen, es gäbe kaum Polizeikontrollen. Dann fiel ihr noch etwas ein. Warum entschieden sich Ike und Francisca für die Überfahrt nicht für ein Frachtschiff? Ike könnte als ungelernter Arbeiter, als Matrose oder Hilfskraft arbeiten und sich so während der Reise die Atlantiküberquerung verdienen. Und Francisca als Küchenhilfe ...

Ike zögerte, dann nickte er langsam. „Das wäre ideal. Wir könnten arbeiten und gleichzeitig wären wir schon auf der Überfahrt."

Frieda wollte keine näheren Details nennen, so sehr Ike und Francisca auch nachfragten, aber sie versprach, sich in zwei Tagen bei ihrem Besuch in Hamburg umzuhören und zu sehen, was sie tun könnte.

Francisca überlegte, wie sie sich erkenntlich zeigen könnte, als Frieda bereits fortfuhr: „Un noch wat, ji beiden. Ji schöölt hier nich ünner finanzschelle Sorgen leiden. Ik sett de Miete op söventig Pfennig herunner."

„Wir müssen nur noch siebzig Pfennig zahlen pro Nacht? Wir beide zusammen?" Sie konnte nicht glauben, was sie hörte. Sollte sich nun doch alles zum Guten wenden?

Zwei Tage später trug Frieda ihnen noch vor dem Morgengrauen auf, das Haus für die Ankunft neuer Gäste vorzubereiten. Sie selbst brach nach Hamburg auf. So standen Francisca und Ike früher als üblicherweise auf, bereiteten einen Eintopf für den Abend vor, wischten die Holzböden, bezogen Betten, putzten auf Schränken und erledigten dann die Gartenarbeit, bis am späten Vormittag die ersten Gäste eintrafen. Es war ein älteres Ehepaar, Hermann und Elsa Schneider aus Lübeck. Hermann, ein pensionierter Uhrmacher mit buschigen weißen Augenbrauen und einer Vorliebe für detaillierte Geschichten über seinen Beruf, trug einen dunkelgrauen Dreiteiler und einen Hut, den er sorgfältig an der Garderobe ablegte. Elsa war begeistert von den Gemüsebeeten und den Blumengärten, die auch Friedas ganzer Stolz waren.

Kurz nach den Schneiders kam ein junger Mann namens Tobias Müller an, ein aufstrebender Maler aus Hamburg, der die Ruhe der Marschlande suchte, um Inspiration für seine Landschaftsbilder zu finden. Seine Hände waren mit Farbflecken bedeckt. Als Gepäck hatte er für sich nur eine kleine Tasche, dazu einen großen Koffer mit Malutensilien und mehrere leere Leinwände dabei.

Francisca und Ike begrüßten jeden Gast herzlich und führten sie zu ihren Zimmern und zeigten anschließend das Gelände. Doch Francisca war in Gedanken schon weit weg, sie erledigte die Tätigkeiten mechanisch, während ihre Träume immer lebendiger wurden. Nun schien zum ersten Mal in ihrem Leben alles, was sie sich je gewünscht hatte, greifend nah.

„Stell dir vor, wir gründen in Amerika unseren eigenen kleinen Zirkus", sagte Francisca. „Ich könnte auf dem Seil tanzen, und du könntest dein Talent mit Tieren zeigen. Du musst dich ja nicht nur auf Elefanten beschränken. Sicher, zum Anfang ist ein Elefant ideal, weil du dich damit auskennst. Was, glaubst du, können wir noch für Tiere kaufen?"

Ike hielt beim Befüllen der Matratzen mit frischem Stroh inne. „Hm."

Francisca fuhr fort. „Ja, das wäre etwas. Vielleicht könnten wir sogar Tiere aus aller Welt einbeziehen, nicht nur aus Afrika. Wir brauchen Tiere, die die Menschen dort nie zuvor gesehen haben, um möglichst viele Besucher anzuziehen. Und ich könnte Kostüme entwerfen", fuhr Francisca fort. „Dafür habe ich ein Talent, das hat sogar Juan gesagt. Wir könnten ein Zelt mit bunten Bannern und Lichtern haben, das die Nacht erhellt."

Am Abend versammelten sich die Gäste im Essbereich der Pension. Francisca servierte zufrieden den Eintopf, in Gedanken war sie die Direktorin ihres kleinen, imaginären Zirkus, der schon bald Wirklichkeit werden konnte.

Nachdem das Abendessen abgeräumt war und die

Gäste sich in ihre Zimmer zurückgezogen hatten, beschloss Francisca, den alten Geräteschuppen neben dem Haus aufzuräumen, um Frieda eine zusätzliche Freude zu bereiten. Sie trug eine Petroleumlampe mit sich und ging voraus. Ike folgte ihr und half ihr, die klemmende Tür zu öffnen. Die Lampe warf geisterhafte Schatten. Der Schuppen war vollgestopft mit Werkzeug, leeren Kisten und verstaubten, teilweise angerosteten Gegenständen, die anscheinend lange kein Tageslicht gesehen hatten. Beim Beiseiteschieben einer Kiste fiel ihr Blick auf ein Bündel, das in einer Ecke lag. Es war ein langes, robustes Seil. Ihre Finger glitten über das grobe Material.

„Schau dir das an!" Francisca jubelte.

„Wir wollten doch den Schuppen aufräumen."

„Das Seil ist bestimmt stark genug, mein Gewicht zu tragen." Eine Idee nahm immer mehr Gestalt an. „Wir haben Zeit. Nicht einmal eine kurze Pause haben wir uns heute gegönnt. Frieda hätte sicher nichts dagegen."

Mit ihrer Begeisterung steckte sie Ike an. Er half ihr nach anfänglichem Protest dabei, den großen Tisch in der Küche beiseitezuräumen und das Seil zwischen zwei stabilen Balken im Haus zu spannen. Es war zwar nur kniehoch, aber das störte sie nicht. Sie trat zurück und musterte ihr Werk, dann streifte sie ihre Schuhe ab.

Mit einem tiefen Atemzug stieg sie barfuß auf das Seil. Ihr ehemals verletztes Bein zitterte unter der ungewohnten Belastung. Sie hielt den Atem an, dann konzentrierte sie sich, ihren Atem ruhig fließen zu lassen, fixierte mit den Augen das andere Ende des Seils und setzte langsam einen Fuß vor den anderen. Ihre Muskeln erinnerten sich schnell daran, was zu tun war. Mit jedem Schritt gewann sie mehr Vertrauen, ihre Bewegungen wurden flüssiger, sicherer.

„Schau es dir an, Ike, ich habe nichts verlernt." Ihr lautes Jubeln lenkte die Aufmerksamkeit auf sich. Einer nach dem anderen kamen die Gäste aus ihren Zimmern. Hermann und Elsa Schneider standen zuerst im Türrahmen.

Tobias Müller ließ sich nicht lange bitten und begann, die Szene zu skizzieren. „Welch Eleganz und Anmut", rief er.

Je sicherer Francisca wurde, desto mehr wagte sie sich, einige der Kunststücke auszuführen, die sie von ihrer Mutter gelernt hatte, es war wie damals mit Ike in der Scheune. Sie drehte sich, balancierte auf einem Bein, und schließlich, unter dem Applaus und den Anfeuerungsrufen der anderen, wurde sie immer wagemutiger. Die Sicherheit, die sie in den vergangenen Monaten vermisst hatte, war wieder da. Sie wusste genau, was sie wollte, was ihre Bestimmung war. Für sie gab es keine Wahl: Sie war Seiltänzerin, als solche geboren. Nur auf dem Seil verlor sie das Gefühl für Raum und Zeit, alles verband sich zu einer Einheit.

Die Gäste klatschten und jubelten. Als sie schließlich, atemlos aber strahlend, vom Seil stieg, kamen die beiden Herren vor, um ihr Geld zu geben. Francisca lehnte ab.

Die Gäste verabschiedeten sich wieder, während Ike und Francisca das Seil abknoteten, den Schuppen aufräumten und putzten und sich dann in die Wohnküche setzten, um auf Friedas Rückkehr zu warten.

Es wurde Mitternacht.

Schließlich war am Nachthimmel schon der baldige Sonnenaufgang zu erahnen. Frieda war noch immer nicht wieder da.

Ike trat nach draußen und kehrte mit einem Kopfschütteln zurück.

„Vielleicht gab es einfach nur Verspätungen ... oder das Wetter ...“ Franciscas Stimme wurde immer leiser. Sie wusste, dass das Wetter nicht die Ursache sein konnte. Der Wind peitschte durch die Bäume, und der Himmel war von dichten Wolken verhangen, aber das begründete längst nicht eine solche Verspätung.

Dann war draußen Pferdegetrappel zu hören. Francisca lauschte. Es waren mehrere Pferde. Schritte polterten. Die Tür flog auf, und vier uniformierte Polizisten traten ein. „Guten Abend, wir suchen nach einem Ikechukwu“, rief einer der Beamten.

Francisca stand auf und stellte sich vor Ike. Ihr wurde übel. „Was wollen Sie von ihm?“

Ike stand nun auch auf, trat vor sie und schob sie mit aufrechter Haltung beiseite.

„Er ist entflohenes Eigentum und muss zu seinem Besitzer zurückgebracht werden“, erklärte der Polizist.

„Ike gehört niemandem! Er ist ein freier Mensch!“, rief Francisca. Ihre Stimme zitterte, sie konnte ihre Wut, ihre Angst und ihre Empörung kaum unter Kontrolle behalten.

Nun waren auch die anderen Gäste aus ihren Betten

gekommen. Sie redeten alle durcheinander, drückten ihren Protest und ihre Fassungslosigkeit aus.

„Jeden, der Widerstand leistet, werden wir zusätzlich verhaften“, rief der erste Polizist, während zwei weitere sich näherten, um Ike zu packen und unter den Armen zu greifen.

„Es tut mir leid“, sagte Ike. Handschellen klickten um seine Handgelenke.

„Nein, nein, das können Sie nicht tun!“, schrie Francisca, schaute sich nach Hilfe um, doch die Gäste standen regungslos dort.

„Es muss eine friedliche Lösung geben“, sagte Herr Schneider. Auch er wurde unsanft beiseitegeschoben.

Francisca umklammerte den Arm des Beamten, der von Anfang an das Wort geführt hatte. „Bitte, Sie können ihn nicht einfach mitnehmen! Er hat nichts verbrochen!“

Unsanft wurde sie auf einen Stuhl gedrückt. Zwei Beamte führten Ike hinaus. Dann verschwanden die Polizisten genauso schnell, wie sie gekommen waren.

Mittwoch, 25. Mai 1887

Fassungslos stand Francisca im Türrahmen, hielt sich an der Klinke fest, weil ihr schwindelig war, und schaute hinaus, obwohl dort nichts als die von Dunst erfüllte Natur in morgendlichem Dämmerlicht zu sehen war. Über ihr zogen sich die Wolken erneut zusammen, sodass das wenige Licht am Horizont eher an einen Sonnenuntergang als an einen Aufgang erinnerte. Regen setzte ein. Es kam Francisca vor, als würde die Natur an ihrer Stelle weinen. Alles in ihrem Innern vibrierte, die Stimmen der Polizisten hallten in ihr nach.

„Kommen Sie wieder herein, wir können nichts tun."

Doch das konnte sie nicht, es kam ihr wie Verrat vor. Stattdessen rannte sie hinaus in die Marschlande. Die Wiesen, an sonnigen Tagen ein bunter Teppich aus Wildblumen, glichen nun mit den tief stehenden Wolken einem Moor, die Erde war aufgeweicht und schwer von den letzten Regenfällen. Sie versank bei jedem ihrer Schritte bis über die Knöchel im Schlamm, der an ihren

Stiefeln kleben blieb und ihre Bewegungen erschwerte. Kaltes Wasser drang durch die Nähte der Schuhe und beschwerte ihr Kleid, doch sie eilte weiter.

Bald erreichte Francisca die Hauptstraße. Ihre Haare hingen schlaff und durchnässt herab. Sie stellte sich mitten auf die Straße und winkte, als sie das Klappern von Hufen hörte. Eine Kutsche näherte sich. Der Fahrer, ein älterer Mann mit einem dichten grauen Bart.

Knapp vor ihr kamen die beiden Pferde zum Stehen.

„Um Himmels willen, mein Fräulein, was treibt Euch bei diesem Wetter hierher?“, rief er und hielt die Zügel straff. Er stellte sich vor als Herr Dietrich, als Kaufmann, der in der Region bekannt sei.

„Bitte, Herr, ich muss so schnell wie möglich nach Hamburg. Könnten Sie mich mitnehmen?“ Sie schaute an sich herab und erschrak. Wie eine Vagabundin sah sie aus – oder wie Schlimmeres ...

Herr Dietrich musterte sie mit hochgezogenen Augenbrauen. Er atmete geräuschvoll ein, dann seufzte er. „In Ordnung, steigt ein, aber schnell!“ Mit einer vehementen Handbewegung hielt er sie auf und breitete eine grobe Wolldecke über den Sitz. „Setzt Euch darauf, damit der Dreck nicht alles beschmutzt.“

Francisca trat den Matsch von den Sohlen am Boden ab, so gut es eben ging, dann kletterte sie hinauf und schob sich auf die Decke, die nach Leder und nassem Hund roch.

Herr Dietrich schnalzte mit der Zunge und die Pferde setzten sich wieder in Bewegung. Ihre Hufe klatschten rhythmisch über die Pfützen.

Der Kaufmann ließ Francisca am Eingang des Tierparks hinaus. Auch in Hamburg war die Luft kühl und regnerisch. Francisca wollte die Decke falten und zurücklegen, doch Herr Dietrich bestand darauf, dass sie sie als Mantelersatz behielt.

Sie bedankte sich von ganzem Herzen, zog die Wolldecke fester um sich und schaute kurz zum Eingang des Parks, wo sich eine Schlange zahlender Besucher gebildet hatte. Herr Dietrich winkte und fuhr wieder los.

Francisca griff in ihre Taschen, doch dort war nichts. Gar nichts.

Ein blasser Mann in grauer Uniform nahm das Eintrittsgeld entgegen. Ohne Geld war ihr der normale Weg versperrt. Sie schaute auf die hohe Umzäunung, die sich neben dem Eingangsbereich entlangzog. So ging sie den Zaun entlang, weg von den wartenden Menschen, hielt sich nah an den Hecken, die den Zaun teilweise verbargen, und wählte einen Abschnitt, der durch das dichte Laubwerk der Sträucher und Bäume verdeckt war.

Francisca umfasste das kühle Metall und kletterte hoch. Der Zaun wackelte unter ihrem Gewicht, und jedes Rasseln hinter ihr im Laub ließ sie innehalten. Ihre Sohlen fanden kaum Halt auf den rutschigen Metallstäben, und die Angst vor Entdeckung machte ihre Bewegungen hastig und ungeschickt. Schließlich schwang sie ihr Bein auf die andere Seite und sprang in das nasse Gras.

Sie hielt den Atem an und lauschte, ob ihr jemand

gefolgt war, doch außer dem gleichmäßigen Prasseln des Regens, Tierlauten und den entfernten, leisen Stimmen der Besucher war nichts zu hören.

Erhitzt von der Aufregung und der körperlichen Anstrengung richtete Francisca sich auf, strich über ihr Kleid, legte sich die Decke über die Schulter und eilte direkt zum afrikanischen Dorf. Die Trommelmusik mit Gesang und das Lachen, das ihr entgegenwehte, wirkten irreal.

Am Dorf angekommen, sah sie Ike sofort. Er und die anderen Männer tanzten um den großen Kessel, der über einem Feuer hing. Sie erschrak über sein Hinken, über die steife Art, wie Ike sich bewegte, und die dunklen, rostbraunen Flecken auf seinem Hemd. Tränen stiegen ihr in die Augen. Er litt. Wegen ihr. Weil sie ihn dazu gebracht hatte zu flüchten und er deswegen misshandelt worden war.

Vorsichtig winkte sie Ike zu, ließ die Hand aber sofort wieder sinken. Sie bedeutete ihm, zum Zaun zu kommen. Doch Ike, der kurz ihren Blick erwiderte, senkte schnell den Kopf und setzte seinen Tanz fort.

Sie winkte erneut.

Er tat, als könnte er sie nicht sehen.

Francisca rief leise seinen Namen, aber ihre Worte verloren sich im Lärm der Zuschauer, dem Trommeln und den Gesängen.

Sie lehnte sich über den Zaun.

Ike wich weiter zurück, er vermied jeden Augenkontakt. Seine Bewegungen waren gequält.

Kurz prüfte sie die Umgebung, dann kletterte sie

hastig über den Zaun. Sie zwang sich, aufrecht, stolz und langsam zu gehen, damit die Besucher sie für eine Angestellte hielten, auch wenn sie keine Uniform trug. Sie lief auf Ike zu, packte ihn am Arm und zog ihn mit sich.

Ike starrte sie an, seine Augen weit aufgerissen. „Was tust du? Du musst hier weg!"

Sie zog ihn mit sich in die nächste Lehmhütte. Dort waren sie abgeschirmt vor neugierigen Blicken.

Ike stieß sie von sich. „Francisca, das ist Wahnsinn. Du bringst dich in Gefahr und mich auch. Sie verhaften uns beide!"

Francisca schüttelte den Kopf. „Wir müssen fliehen. Gemeinsam. Es muss einen Weg geben!"

Ike setzte sich auf einen der dreibeinigen Hocker. Er sah unendlich müde aus. „Sieh mich an."

Er drehte sich um und nun erst sah sie die Striemen auf seinem Rücken, die blauen Verfärbungen an der Hüfte.

„Ich wurde verprügelt, bei der Verhaftung, und dann noch einmal, als ich hier ankam. Ich kann nicht mehr kämpfen. Wenn sie mich wieder mit auf die Wache mitnehmen, prügeln sie mich tot."

Francisca ging zu ihm und umklammerte seine Hände. „Das dürfen sie nicht. Wir fliehen gemeinsam. Es muss einen Weg geben. Du darfst nicht aufgeben, bitte."

Ike schaute auf ihre ineinander verschränkten Hände, dann sah er ihr direkt ins Gesicht. „Deine Sturheit wird alles nur schlimmer machen. Für uns beide. Du willst meine Situation verbessern, aber du bringst nichts als Leid über uns beide."

Sie drückte seine Hände fester. „Ich werde auch leiden, wenn ich nichts tue, wenn ich dich hier in diesem Zustand sehe und einfach weggehe. Ike, ich liebe dich. Ich kann nicht zusehen, wie du zugrunde gehst. Wir müssen es wagen, selbst wenn es riskant ist. Wir sind schon einmal fast entkommen. Beim zweiten Mal wird es uns gelingen."

Ike hielt inne.

Tränen liefen über ihre Wangen. „Wir werden es schaffen, Ike. Gemeinsam. Ich komme morgen wieder. Bis dahin habe ich einen Plan." Sie umarmte ihn zum Abschied.

Ihr Herz schlug ihr bis zum Hals, als sie aus der Hütte hinaustrat. Sie warf einen Blick zurück zu Ike, der ihr nachschaute.

Wieder versuchte sie, auf dem Weg zum Zaun Sicherheit auszustrahlen. Doch ein Raunen ging durch die Menge, und bald wurden vereinzelte Rufe laut: „Seht, da! Was macht die da?"

Sie konzentrierte sich auf jeden Schritt. Jetzt bloß nicht aufblicken. Sich nicht verunsichert zeigen.

Mit einem Satz sprang sie über den Zaun. Die Decke blieb hängen, Francisca erlaubte sich nicht, danach genauer zu schauen. Kurz riss sie am Wollstoff, aber er löste sich nicht. So ließ sie die Decke zurück.

„Sie war bei dem Menschenfresser in der Hütte!", rief jemand aus der Menge. Wütende Zuschauer umringten sie.

„Negerliebchen!" Eine Frau zeigte auf sie. „Schaut euch das an! Sie mischt sich unter die Wilden!"

Jemand schubste sie.

Jemand stieß sie beiseite, bis sie fast fiel, doch sie konnte sich auf den Beinen halten.

Jemand packte sie am Arm.

Die Menge schloss sich enger um sie. Ein großer, bulliger Mann mit gerötetem Gesicht schubste sie hart gegen den Zaun. „Du bist eine Schande!"

Francisca sah den Mann direkt an. „Wie könnt Ihr nur zusehen? Menschen werden hier wie Tiere behandelt!" Ihre Stimme bebte.

Der Mann lachte laut.

Francisca holte aus und gab ihm eine kräftige Ohrfeige. Sie traf sein Gesicht mit einem klatschenden Geräusch. Ihr Handgelenk schmerzte, was ihre Genugtuung verstärkte. Sie hatte fest zuschlagen können.

Der Mann schrie: „Diese Hure hat mich geschlagen!" Er fasste sich die Wange, mit aufgerissenen Augen, Speichel tropfte aus seinem Mundwinkel.

Hände griffen nach ihr, stießen sie hin und her wie eine Puppe. Schläge und Tritte trafen sie von allen Seiten.

„Ihr seid keine Zivilisierten! Ihr seid Monster, die Freude an der Qual anderer finden!", schrie Francisca in ihrer ganzen aufgestauten Wut.

Die Schläge wurden härter, und Francisca ahnte, dass ihre Kräfte bald schwinden würden. Instinktiv schützte sie mit ihren Armen ihren Kopf, während sie zu Boden gedrückt wurde. Der Lärm der Menge verschwamm in ihren Ohren zu einem dumpfen Dröhnen.

Dann wurden die Schläge und Tritte plötzlich weniger. Die Menge trat auseinander.

Aus dem Augenwinkel sah sie, wie Ike sich durch die Menschenmasse kämpfte. Schützend stellte er sich vor sie und streckte die Arme aus, um sie vor weiteren Misshandlungen zu bewahren.

„Hört auf!“, brüllte er mit einer Autorität, die einige der Angreifer kurz innehalten ließ. „Sie hat niemandem etwas getan!“

Für einen Moment hielt die Menge inne, Unsicherheit stand auf den Gesichtern geschrieben. Ike half Francisca aufzustehen, drückte sie an sich und schirmte sie mit seinem Körper vor weiteren Angriffen ab. Sie zitterte vor Schmerz und Schock. Fest klammerte sie sich an Ike.

Dann wurde es abrupt still.

Die Menge stob auseinander.

Schwere Schritte von Männern in Uniform schlugen auf den Boden. Aufseher drängten sich durch die Menge und beendeten die Prügelei gewaltsam. Sie zogen die Zuschauer zurück und bildeten einen Kreis um Ike und Francisca. Ihre Gesichter waren ausdruckslos, die Rücken durchgestreckt.

„Genug!“, brüllte ein großer Mann mit einem buschigen Schnurrbart. Er schien der leitende Aufseher zu sein, war deutlich älter als die drei anderen Männer. „Was ist hier los?“

Francisca trat vor. Erst jetzt registrierte sie, wie zerrissen ihr Kleid war. Trotzdem und trotz der Schmerzen streckte auch sie den Rücken durch und hob das Kinn. Nur die Aufmerksamkeit von Ike lenken, sagte sie sich. Mit ihr würden sie längst nicht so grob umgehen wie mit ihm.

„Es war ein Missverständnis. Ausgelöst von mir." Sie zeigte auf Ike. „Dieser Mann hat nur schlichten wollen."

Die Aufseher tauschten Blicke.

„Ist das nicht das Fräulein, das schon einmal über den Zaun geklettert ist?", fragte einer skeptisch.

„Wurde ihr nicht verboten, sich ..."

„Das hier ist eine ernste Angelegenheit. Wir müssen das der Polizei melden."

„Haltet sie hier fest, ich rufe die Polizei."

Doch das war gar nicht mehr nötig, irgendjemand anders musste schon auf der Wache Bescheid gegeben haben, denn zwei Polizeibeamte, erkennbar an ihren dunklen Uniformen, näherten sich. Sie hielten sich nicht damit auf, die Umstehenden zu befragen. Einer der Beamten packte Ike und zog ihn mit sich. „Ikechukwu, Sie sind verhaftet wegen Störung der öffentlichen Sicherheit und Ordnung", erklärte er und legte Ike Handschellen an.

„Nein, bitte, Sie verstehen das nicht! Er hat keinen Streit angefangen. Er hat nur versucht, mich zu schützen!", flehte sie, die Arme nach Ike ausgestreckt.

Die Polizisten warfen ihr einen kurzen, mitleidigen Blick zu. „Junge Dame, es ist nicht unsere Aufgabe, das hier und jetzt zu klären. Das wird vor Gericht geschehen", sagte der ältere Polizist mit ruhiger Stimme, während der andere Ike abführte.

Francisca lief ihnen nach. „Bitte, hören Sie mich an! Er ist unschuldig, ich beschwöre Sie!", rief sie.

Ike warf ihr einen letzten, resignierenden Blick zu,

einer der Parkaufseher hielt Francisca fest, bis Ike und die Polizisten außer Sichtweite waren.

„Lassen Sie mich los“, forderte sie.

Der Aufseher lockerte seinen Griff.

Die Zuschauer gingen weiter.

„Wenn ich Sie hier noch einmal im Park sehe, sorge ich persönlich dafür, dass auch Sie verhaftet und vor Gericht gestellt werden, junges Fräulein“, sagte der Aufseher.

Francisca wandte sich ab, ohne ihm zu antworten. Zitternd und durchnässt machte sie sich auf den Weg zu ihrer Tante Magdalena. Der Regen hatte nachgelassen, doch der kalte Wind ließ sie frösteln. Wie sie nun die Decke vermisste!

Geld für eine Transportmöglichkeit hatte sie nicht, so lief Francisca die gesamte Strecke zu Fuß. Sie betrachtete nicht einmal die Häuser oder Menschen um sich herum, sondern konzentrierte sich in ihrer Erschöpfung darauf, nur einen Schritt vor den anderen zu setzen.

Bei ihrer Ankunft stand die Sonne bereits hoch am Himmel. Die Haustür war geöffnet. Eine Frau kehrte das Treppenhaus. Francisca ging an ihr vorbei ohne einen Gruß, weiter zu Magdalenas Wohnungstür.

Francisca klopfte.

Magdalena öffnete.

„Francisca! Wo warst du? Du hast mir solche Sorgen gemacht! Und wie siehst du aus? Mein Gott, was ist geschehen?“

Francisca trat ein. „Ich muss mit dir reden. Es ist wichtig. Es geht um Ike.“

„So, wie du aussiehst, kannst du nicht ins Wohnzimmer kommen. Ich kann es nicht glauben, dass du einfach abgehauen bist und mir nur einen Zettel hinterlassen hast. Wie konntest du nur so verantwortungslos sein?“

„Tante, bitte, das ist jetzt nicht wichtig. Ike ist in großer Gefahr. Er wurde verhaftet, und es sieht nicht gut für ihn aus. Ich muss ihn irgendwie freibekommen. Ich dachte, vielleicht könntest du mir helfen“, versuchte Francisca zu erklären.

Magdalena schüttelte den Kopf.

„Ich wasche mich und ziehe mich um. Zusammen gehen wir auf die Wache. Jeder kennt dich hier. Du könntest eine Kaution stellen. Du könntest ...“

„Ich bin bereit zu helfen, aber unter einer Bedingung.“

„Was für eine Bedingung?“

„Du heiratest Friedrich Albers. Wie geplant. Und du siehst diesen Ike nie wieder. Das ist meine Bedingung. Dafür werde ich all meine Beziehungen spielen lassen und auch dafür sorgen, dass eine Kaution gestellt wird.“

Francisca starrte ihre Tante ungläubig an. „Das kannst du nicht ernst meinen.“ Francisca wartete, dass Magdalena ihre Forderung relativierte, dass sich eine andere Lösung auftat.

„Bitte, Tante ...“

„Das ist mein Angebot und es ist mehr, als du nach deinem Handeln von mir erwarten kannst.“ Magdalena presste die Lippen aufeinander.

„Wie kannst du von mir verlangen, mein Leben so zu

leben, wie du es willst? Ike ist unschuldig, und ich liebe ihn."

„Friedrich wird dir eine gute Zukunft bieten, Sicherheit und Ansehen."

Die Worte ihrer Tante schmerzten mehr als die Schläge der Menschen im Park. „Ich will dieses Leben nicht! Sicherheit. Ansehen. Nein! Ich kann und werde Ike nicht aufgeben, nur um die gute Ehefrau zu spielen."

Magdalena wandte sich ab. „Dann kann ich dir nicht helfen. Du triffst deine Entscheidung, und ich treffe meine."

Mittwoch, 25. Mai 1887

Francisca stolperte aus dem Haus. Die Sonne stand hoch am Himmel, gleißendes Licht spiegelte sich auf dem regennassen Kopfsteinpflaster. Sie war so aufgebracht nach dem Streit, dass sich ihr Gehstock immer wieder in den Ritzen zwischen den Pflastersteinen verkeilte. Ihr Humpeln, ihre schmutzige, zerrissene Kleidung und ihr zugeschwollenes Auge zogen die Aufmerksamkeit der Passanten auf sich. Menschen blieben stehen, flüsterten, manche wichen vor ihr zurück. Francisca vermied die direkten Blicke, ihr Kopf war gesenkt, ihre Schultern gebeugt. Ein kleiner Junge zeigte mit dem Finger auf sie und wurde von seiner Mutter hastig weitergezogen. Das Blut hämmerte in den Ohren, sie war so erschöpft, dass sie sich am liebsten an den Straßenrand gelegt hätte. Die Geräusche der Stadt – das Klappern der Pferdehufe, das Rufen von Händlern und das Plappern der Menschen – drangen dumpf zu ihr herüber. Alles schien unwirklich, wie in einem Albtraum.

Ihre Gedanken kreisten um Ike, um die Ungerechtigkeit, die ihn traf, und um die Reaktion ihrer Tante.

Wie hatte es so weit kommen können? Ike war angefüllt voller Hoffnung nach Europa gekommen, mit einem Traum von Reichtum und Glück, von Freiheit und neuen Möglichkeiten. All das hatte sich in einen Albtraum verwandelt.

Sie erinnerte sich an ihre erste Begegnung mit Ike. Wie seine Augen vor Aufregung geleuchtet hatten, seine Stimme voller Hoffnung gewesen war!

Am Berlinerthor blieb sie kurz stehen, um Atem zu schöpfen. Ein Wachmann musterte sie lang, doch er sagte nichts. Sie hielt sich an einer Mauer fest, dann setzte sie ihren Weg fort, hinaus aus der Stadt.

In ihrer Brust stach es, das Atmen fiel ihr schwer bei dem Gedanken, wie sie Ikes Situation verschlimmert hatte. Hätte sie ihn nicht zur Flucht ermutigt, hätte es wegen ihr die Prügelei nicht gegeben ... Wenn ihr Vater nicht gestorben wäre, wäre er als Dompteur in ihrem Wanderzirkus geblieben. Ihr Vater hätte ihn beschützt, hätte für ihn gesorgt, so wie er es immer für seine Artisten getan hatte. Doch ihr Vater war tot ... War das, was geschah, die Strafe des Schicksals dafür, dass sie sich nie in ihn hätte verlieben dürfen?

Sie sah ihn vor sich, eingesperrt in einer engen und dunklen Zelle. Was, wenn er misshandelt wurde? Oder wenn sie ihn freiließen und er zu Tode geprügelt wurde? Niemand würde seine Mörder verurteilen. Tränen brannten in ihren Augen.

Die Felder erstreckten sich vor ihr, nach den Regenfällen der letzten Tage in saftigem Grün. Der Duft von frisch gemähtem Gras umhüllte sie, was ein Kontrast zu dem Lärm, dem Gestank und der Enge der Stadt.

Ein Bauer, der auf einem Feld einen Ochsen hinter sich herzog, hob die Hand zum Gruß, doch als sie näher kam, wandte er sich erst ab, dann ließ er seine Arbeit ruhen und kam auf sie zu.

„Gute Frau, braucht Ihr Hilfe?“, fragte er.

Francisca schüttelte den Kopf. „Es geht schon. Aber ganz vielen Dank!“

Schließlich erreichte sie eine kleine Brücke, die über einen schmalen Bach führte. Sie setzte sich auf die Holzplanken und atmete tief durch. Das Wasser plätscherte unter ihr, Vögel, und für einen Moment schienen all ihre Sorgen weit weg. Sie kletterte zum Bach, schöpfte Wasser mit ihren Händen, wusch sich das Gesicht und trank.

Mit neuer Energie richtete sie sich auf, krabbelte auf allen vieren zurück auf den Weg und blickte sich um. Nicht weit entfernt war eine weitläufige Pferdeweide. Die Tiere grasten friedlich. Francisca blieb stehen und beobachtete sie für einen Moment. Ein Gedanke formte sich in ihrem Kopf ...

Langsam näherte sie sich der Weide. Dann kletterte sie über den hölzernen Zaun. Ihre Hände und Arme zitterten, aber sie ließ sich nicht beirren. Auf der anderen Seite blieb sie einen Moment stehen, um die Pferde nicht zu erschrecken. Behutsam ging sie auf die Tiere zu. Ein braunes Pferd hob den Kopf und schaute sie neugierig an.

„Hallo, mein Freund!“ Ihre Stimme war ruhig und

sanft, wie ihr Vater es ihr im Umgang mit Tieren beigebracht hatte. Sie streckte eine Hand aus, bewegte sich näher und ließ das Pferd an ihrer Haut schnuppern.

Es schnaubte leise. Sein Körper entspannte sich.

Francisca griff behutsam nach der Mähne und streichelte seinen Hals.

„Wir müssen zusammenarbeiten“, flüsterte sie.

Das Pferd blieb ruhig stehen.

Mit einer fließenden Bewegung schwang sie sich auf seinen Rücken, wie sie es schon als Kind getan hatte.

Sattel und Zügel brauchte sie nicht. Sie ließ das Pferd langsam losgehen, führte es mit ihrem Gewicht und ihren Beinen. Sie spürte den Atem des Pferdes, jede der Bewegungen unter sich und lenkte es sanft in die gewünschte Richtung. Das Pferd zeigte keinerlei Unsicherheit oder Scheu, es gehorchte ihr, als wäre sie die Besitzerin.

So ritt Francisca über Felder und Wiesen. Der Wind ließ ihre Haare wehen. Sie fühlte sich freier als je zuvor.

Nach einer knappen Stunde sah sie die vertrauten Umrisse von Friedas Pension. Der Anblick des alten Bauernhauses mit dem reetgedeckten Dach und den roten Backsteinwänden ließ sie aufatmen. Sie lenkte das Pferd auf eine der Weiden, wo es zusammen mit anderen Pferden zur Ruhe kommen konnte. Die Pferde begrüßten sich wie alte Bekannte.

Langsam ging Francisca zur Tür und klopfte vorsichtig. Ob es ein Fehler war, hierherzukommen?

Frieda öffnete, ihre Augen weiteten sich. „Francisca!

Wie seihst du denn ut? Üm Himmels willen, wat is di passeert?"

Francisca zögerte. „Frieda, ich muss wissen, hast du ... warst du es, die uns verraten hat?" Ihre Stimme zitterte.

Frieda trat einen Schritt zurück. „Wie kannst du sowat blot denken? Komm nu!"

Sie zog Francisca ins Haus, schloss die Tür und sah ihr fest in die Augen. „Ik heff ju nie verraadt. Ik weer schockeert, as de Polizei hier weer. Se hebbt allens dörsöcht. Ik wusst nich, wat ik doon schull. Wo ik ju finden un ju helpen kann. Ik heff immer noch keen Ahnung, wie dat so wiet kamen kunn. Aver wi mööt vörsichtig ween." Je aufgeregter sie wurde, umso schneller sprach Frieda und umso stärker verfiel sie in ihren Dialekt.

„Frieda, ich verstehe dich nicht mehr."

„Du hast erzählt, dass deine Mutter aus Hamburg kam ..." Frieda sah sie misstrauisch an.

„Die Familie meiner Mutter kam ursprünglich aus Irland. Sie sind während der Großen Hungersnot ausgewandert. Das Hamburgerisch von meiner Mutter war mehr ... also nicht so ..."

„Schon goot. Wat ik meen: Ich habe euch niemals verraten. Ich war schockiert, als die Polizei hier war. Sie haben alles durchsucht. Ich wusste nicht, was ich tun sollte. Wo ich euch finden und euch helfen kann. Ich habe noch immer keine Ahnung, wie es so weit kommen konnte. Aber wir müssen vorsichtig sein."

„Warte kurz." Francisca kehrte zur Weide zurück, lockte das gestohlene Pferd hervor und ließ es frei. Es lief in die Richtung, aus der sie gekommen waren. Mochte es zurück zu seinem Besitzer finden. Sie durfte nicht riskieren, dass sie durch das Pferd erneut in Gefahr geriet.

Die Anspannung wich aus ihrem Körper. Langsam kehrte sie ins Haus zurück. Friedas aufrichtige Besorgnis zu sehen, überzeugte sie. „Es tut mir leid, Frieda. Ich … ich wusste nicht, wem ich trauen kann."

Frieda umarmte sie fest. „Komm rin. Wi mööt diene Wunnen versorgen."

Sie führte Francisca in die Küche. Gäste waren keine da, die Küche war vollständig aufgeräumt, kein Laut war zu hören.

„Setz di. Ik hool Water un Verbandszeug."

Francisca setzte sich und erst jetzt nahm sie die Schmerzen wahr. Jeder Knochen, jede Muskelfaser tat weh, und als sie ihr Kleid und das Unterkleid auszog, sah sie die blauen Flecken, die ihren Körper bedeckten.

Frieda kehrte mit einer Schüssel warmem Wasser, Tüchern und einem Korb voller Kräuter zurück. „Holl still. Dat mutt nu so." Sie begann, behutsam Franciscas Wunden zu reinigen und zu verbinden.

Während Frieda ihre Wunden versorgte, erzählte Francisca von ihrer Begegnung mit Ike im Tierpark, von der Schlägerei, von Ikes Verhaftung, von der Konfrontation mit ihrer Tante, der Flucht aus der Stadt und dem gestohlenen Pferd. „Ich muss einen Weg finden, Ike zu befreien." Ihre Stimme war brüchig vor Erschöpfung und Schmerz.

„Bleev sitten. Ik hool di Kleden von mi."

Francisca wäre sowieso nicht aufgestanden. Wohin hätte sie auch gehen sollen?

Bald kehrte Frieda zurück und half Francisca, in ein sauberes Kleid zu schlüpfen. „Wi warrt en Weg finden. Aver nu musst du di utruhn. Du kannst keenem helpen, wenn du sülvst to schwach büst. Ik heff ok frisch Brood backt."

„Ich bin zu müde, um zu essen." Hunger spürte sie keinen, aber die Müdigkeit wurde stärker beim Gedanken an ein Bett.

Sie folgte Frieda in eins der Gästezimmer, zog die Schuhe aus, legte sich aufs Bett und war eingeschlafen, bevor ihr Kopf das Kissen berührt hatte.

Doch schon wenig später schreckte sie von einem Klopfen an der Tür wieder hoch. Frieda trat ein. Aufgeregt erzählte sie, dass sie eine Idee hätte, wie Francisca Ike retten könnte.

Francisca richtete sich auf. Sie brauchte eine Weile, bis sie begriff, wo sie sich befand.

Frieda setzte sich neben sie auf die Bettkante und berichtete von einem Richtfest vor zwei Jahren auf dem Nachbarhof, wo sie einen der Gefängniswärter getroffen hatte. „August Neumann sien Naam." Er wurde damals wegen Bestechlichkeit verurteilt, aber inzwischen arbeitete er wieder im Gefängnis. Frieda hatte von dem Gerücht gehört, er sei immer noch offen für „lütte Opmarksamkeiten".

Francisca horchte auf. „Du meinst, wir könnten ihn bestechen, damit er Ike freilässt?"

Frieda nickte. Sie beschrieb August Neumann als

kleinen Mann, von stämmiger Statur, mit Glatze und zwei fehlenden Fingern an der rechten Hand. Und Frieda drängte zur Eile, doch Francisca wusste, dass sie sowieso kein Auge mehr zutun könnte. Sie wollte nicht riskieren, dass es zu einer Verurteilung und zu der Verlegung in ein anderes Gefängnis kommen würde.

Frieda legte einen kleinen Beutel auf das Bett. „He, nimm dat man. Dat is all dat ik hebb."

Francisca öffnete den Beutel. Zwei Goldketten, Ohrringe, ein silberner Armreif und zwei Goldmünzen waren darin. „Das kann ich nicht annehmen."

Sie erzählte von dem Gast, der ohne Verabschiedung wie ein Zechpreller verschwunden war, wie Friedas inzwischen verstorbener Mann den Beutel dann im Schuppen gefunden hatte.

„Bestimmt ist es Diebesgut. Du hast den Fund nicht der Polizei gemeldet?", fragte Francisca.

Frieda blickte zu Boden. Dann schüttelte sie den Kopf.

„Ik glaube daran, dat alles in' Leben ,n Sinn hat, ook wenn wir dat nich immer direkt sehn. Mag doch nu wat Joots ut'n Schiet wachsen."

Francisca richtete sich auf. „Ich breche sofort auf. Ich kann keine Minute länger warten."

Frieda versprach, sofort eins ihrer Pferde zu satteln und ermahnte Francisca: „Dat bring mir man bloß torug."

Gemeinsam gingen sie in den Stall. Noch war es draußen hell, aber die Luft kühlte bereits ab. Die tief stehende Sonne tauchte die Marschlande in ein goldenes

Licht. Frieda wählte ein kräftiges, schwarzes Pferd. „Dat kennt sik ut mit de Wegen.“ Sie sattelte es und legte die Zügel an.

Frieda half Francisca, auf das Pferd zu steigen. „Möge Gott mit dir sien.“

Francisca ergriff die Zügel. „Ich werde ihn zurückbringen. Das verspreche ich dir.“

Mittwoch, 27. Mai 1887

Francisca trieb das Pferd vorwärts. Sie mied die größeren Straßen Hamburgs, um auf niemanden zu treffen, was ihr auch gelang: Kein Mensch war auf den engen, dunklen Gassen unterwegs. Die Hufe schlugen laut auf dem Kopfsteinpflaster auf und ein Echo des Klapperns hallte zwischen den Hauswänden wider. Wolken verbargen den Mond und die Sterne, zusätzlich setzte feiner Nieselregen ein. Das Pferd blieb sogar in der tiefsten Dunkelheit ruhig und sicher.

Als sie Magdalenas Hinterhof erreichte, band sie das Pferd an einen niedrigen Zaun. Regennässe glitzerten auf dem schwarzen Fell des Tieres. Es schnaubte ungeduldig. Francisca tätschelte beruhigend das weiche Fell am Hals des Tieres und flüsterte: „Ich bin bald zurück."

Sorgfältig verschloss sie das Gatter hinter sich, zog die Kapuze ihres Mantels tiefer ins Gesicht, nahm den Beutel mit den Wertsachen und eilte weiter zu Fuß durch die Gassen in Richtung des Gefängnisses.

Bald tauchten die hohen Mauern des Gefängnisses vor ihr auf, aus massivem grauem Stein gebaut und an einer Seite von Ranken überwuchert, die in der Dämmerung wie Schlangen wirkten. Vor dem Eingang prangten schwere, eiserne Tore. Die Fenster waren klein und hoch angebracht, mit dicken Eisengittern versehen, sodass eine Flucht kaum denkbar war. Francisca atmete tief durch. Mit zitternden Händen klopfte sie.

Niemand reagierte.

Sie klopfte lauter und rief: „Hallo!“

Ein Riegel wurde zurückgezogen. Die schwere Holztür zum Vorraum des Gefängnisses schwang auf. Ein muffiger Geruch von feuchtem Stein und Schweiß schlug ihr entgegen. Der Raum war düster und spärlich mit zwei Öllampen beleuchtet.

Ein Wachmann stand hinter einem massiven Holztisch. Er war groß und bullig, mit eingefallenen Gesichtszügen und zusammengezogenen Augenbrauen. Seine Uniform spannte sich über seinem kräftigen Körper, und an seinem Gürtel baumelten ein Schlagstock und ein schwerer Schlüsselbund.

„Was willst du hier?“

„Ich …“ Sie stockte.

„Es ist keine Besuchszeit. Verschwinde!“

„Ich muss mit Herrn Neumann sprechen. Es geht um eine private Angelegenheit, die nicht aufgeschoben werden darf.“

Der Wachmann schüttelte nur den Kopf. „Regeln

sind Regeln. Kein Zutritt. Kein Besuch. Verstanden?“ Er richtete sich auf und trat hinter dem Tisch hervor.

Sie wich einige Schritte vor ihm zurück.

Grob packte er sie am Arm und schob sie zur Tür. „Hinaus mit dir!“

Als sie das Gleichgewicht zu verlieren drohte, öffnete sich eine weitere Tür, und ein zweiter Wachmann trat ein. Francisca erkannte ihn sofort. Es war August Neumann, der Mann, den Frieda beschrieben hatte: klein und stämmig, mit einer Glatze. Eine breite Narbe verlief quer über sein Gesicht, was Frieda nicht erwähnt hatte. An seiner rechten Hand fehlten zwei Finger. Er war es.

„Was ist hier los?“, fragte Neumann.

Der bullige Wachmann wandte sich um und schnaufte.

„Dieses Weib will zu dir. Aber so funktioniert es nicht. Bei mir gibt es keine Extrawürste und ihr zwei Turteltäubchen habt genug freie Zeit, um eure Privatgespräche außerhalb der Dienstzeit zu führen.“

Neumann musterte Francisca und hob die Augenbrauen, wodurch sich die Narbe quer über seinem Gesicht verzog. „Und warum ist es so dringend?“

„Ich ... ich habe eine Botschaft, die Leben retten könnte. Es ist eine Angelegenheit von höchster Dringlichkeit.“

Neumann zögerte, dann nickte er langsam. „Lass mich mit ihr sprechen. Allein.“

Der bullige Wachmann murrte. „Wenn es sein muss ... Ich mache einen Rundgang. Wenn ich zurück bin, ist sie weg. Haben wir uns verstanden?“

August Neumann wartete, bis sie allein waren, dann sagte er: „Komm mit nach nebenan.“

Sie hasste es, wie er sie plump duzte, genau wie es der andere Wachmann vorher getan hatte, doch sie wollte keinen Streit riskieren. So blieb ihr keine andere Wahl, als darüber hinwegzusehen. Würde es sogar von Vorteil sein, auf diese Vertrautheit einzugehen? Wenn sie wie mit einem Freund mit ihm sprach?

Er führte sie einen Gang entlang in eine düstere Kammer, in der sie sich selbst wie eine Gefangene fühlte. Die Mauern schienen auf sie zuzurücken. Francisca atmete tief gegen ihr Unbehagen an.

„Also? Worum geht es?“, fragte Neumann. „Warum ist es so dringend, dass du mitten in der Nacht hier auftauchst? Und warum willst du unbedingt zu mir?“

„Es ist eine Angelegenheit, die nur uns beide betrifft.“ Sie nahm all ihren Mut zusammen und sprach weiter: „Es geht um einen Gefangenen hier.“

Neumann verschränkte die Arme vor der Brust und seufzte. „Ich habe nicht den ganzen Abend Zeit, junge Dame. Entweder du sagst es jetzt oder du gehst. Mir ist nicht nach Rätselraten zumute.“ Immer wieder warf Neumann ihr lüsterne Blicke zu, die sie frösteln ließen. Doch sie zwang sich, ruhig zu bleiben und sich nichts anmerken zu lassen. Der muffige Geruch nach altem Tabak verursachte ihr Übelkeit.

„Es geht um einen Gefangenen hier, Ikechukwu. Ich muss ihn sehen und mit ihm sprechen.“

Neumann lachte laut auf. „Und warum sollte ich dir diesen Gefallen tun?“

Francisca betete stumm, dass Frieda mit ihrer Einschätzung richtig gelegen hatte. Was, wenn er auf die Bestechung nicht einging? Konnte er sie allein für den Versuch festnehmen und vor Gericht stellen lassen?

Sie griff in den Beutel und holte eine der Goldmünzen hervor. Sie hielt sie Neumann entgegen. „Ich kann dir dies anbieten. Und mehr, wenn du mir hilfst."

Neumann nahm die Münze. Er grinste. „Interessant. Und was ist das ‚mehr', von dem du sprichst?"

Francisca holte tief Luft. „Alles, was in diesem Beutel ist. Es ist alles, was ich habe."

Neumann trat näher an sie heran, er kniff ihr in die Wange. „Und was, wenn ich noch mehr will?"

Franciscas Herz raste. „Das ist wirklich alles, was ich habe. Und es müsste mehr als genug sein."

Neumann lachte und steckte Friedas Beutel samt Inhalt in seine Tasche. „Na schön, ich werde sehen, was ich tun kann. Folge mir." Er wandte sich ab und verließ den Raum.

Sie folgte ihm durch das Gefängnis. Die schmalen Gänge schienen endlos. Die Kälte der Steine kroch ihr in die Knochen, und der modrige Geruch wurde stärker, je weiter sie ins Innere des Gebäudes vordrangen.

Dann schob er sie in eine Kammer, die vollständig leer war. „Das ist viel wert, was du mir angeboten hast. Aber es reicht nicht. Wenn ich den Neger freilasse, bringe ich mich in Schwierigkeiten. Die Obrigkeit wird mich lynchen, wenn sie herausfinden, dass ich bestechlich bin. Ich hatte schon einmal ein Verfahren am Hals. Ein zweites Mal komme ich nicht so ungeschoren davon. Ich riskiere viel. Zu viel.“

Franciscas Gedanken rasten. „Bitte, es ist seine einzige Chance. Es wird ja niemand erfahren, wer mir geholfen hat. Der andere Wachmann weiß gar nicht, dass es um Ike geht. Ike kann ja auch einfach entkommen ...“

Neumann lehnte sich an die Wand und verschränkte die Arme vor der Brust. „Das ist nicht so leicht, wie du denkst. Die Wachen, die Protokolle – die Spur wird zu mir zurückverfolgt werden.“

Francisca faltete die Hände wie zum Gebet. „Du kannst das Geld und den Schmuck behalten. Wir werden nie wieder zurückkommen. Niemand wird es je erfahren.“

„Das sagtest du schon. Hast du nicht verstanden, was ich gerade erklärt habe? Es reicht nicht.“ Neumann starrte sie an. „Es tut mir leid, aber das Risiko ist zu groß. Ich würde meine Arbeit verlieren. Niemand wird mich mehr einstellen.“

Francisca betrachtete die Ausbeulung, die Friedas Beutel in seiner Uniformjacke hinterließ.

Neumann trat näher. Sanft strich er ihr über die Haare. Er ließ seine Hand abwärts gleiten und umfasste ihre Brüste.

Sie erstarrte.

„Vielleicht kannst du mir noch etwas anderes geben“, sagte er und griff in ihren Schoß.

Francisca wich zurück. „Nein!“

Neumann grinste. „Du verstehst schon.“

Sie schlug seine Hand weg. „Dann gib mir zumindest den Beutel zurück."

Neumann schüttelte lächelnd den Kopf. „Du meinst diesen Beutel?" Er zog Friedas Beutel hervor, hielt ihn hoch und begann, die Wertsachen in seine Taschen zu stecken. Das Gold glitt klirrend hinein, gefolgt von den Ohrringen und dem silbernen Armreif.

Er reichte ihr den leeren Beutel zurück, belustigt zwinkerte er ihr zu. „Da, nimm ihn."

„Das wagst es nicht", sagte sie, ihre Stimme bebte vor unterdrückter Wut. „Du kannst nicht einfach alles nehmen und mir nichts geben."

Neumann lachte leise. „Das Leben ist selten fair, Fräulein. Und jetzt verschwinde, bevor ich meine Meinung ändere und dich gleich mit einsperre."

„Dann gib mir wenigstens einen Teil zurück."

Neumann schüttelte den Kopf. „Nichts da. Du hast mir das Angebot gemacht, und ich habe es angenommen – auf meine Weise. Ich habe mit dir gesprochen. Das ist mein Lohn dafür. So einfach ist das."

„Dann bringe mich wenigstens zu Ike. Lass mich ihn sehen."

„Warum sollte ich das tun?"

„Weil es das Mindeste ist, was du für das tun kannst, was du mir genommen hast", sagte sie und hielt seinem Blick stand.

Neumann seufzte und zuckte mit den Schultern. „Na gut. Aber mach keinen Ärger." Er griff nach dem Schlüsselbund an seinem Gürtel. „Folge mir."

Francisca folgte Neumann weiter durch die Gänge.

Schließlich erreichten sie eine schwere Eisentür, die in den Keller führte.

Neumann öffnete die Tür und wies mit einer einladenden Handbewegung eine enge Treppe hinab.

Sie ging voran. Er folgte ihr.

Der modrige Geruch verstärkte sich, und das Licht wurde schwächer, je tiefer sie kamen. Schließlich erreichten sie eine eisenverstärkte Holztür.

„Er ist hier drin", sagte Neumann und klopfte mit seinem Schlüsselbund an die Tür. „Aber mach's schnell. Sag, was du zu sagen hast. Ich habe nicht den ganzen Abend Zeit."

Er schloss die Tür auf und stieß sie hinein. Zitternd blickte sie sich um. Was, wenn er die Tür hinter ihr zuschlug und wieder verriegelte?

Ihre Augen mussten sich erst an die Dunkelheit gewöhnen.

Der Raum war ungefähr ein Meter breit und zwei Meter lang. Fenster gab es keines. Feuchtigkeit und Exkremente waren auf dem Boden. Es gab keinerlei Möglichkeit, sich hinzulegen. Ike war an die Wand gekettet. Sein Gesicht war von Müdigkeit und Schmerz gezeichnet, doch als er sie erblickte, sah er auf und lächelte.

„Francisca!"

„Ike!" Sie stürzte zu ihm, ihre Hände umfassten seine. „Oh, Ike, ich bin so froh, dich zu sehen."

Neumann trat hinter ihr in den Raum und klapperte mit den Schlüsseln. „Ich gebe euch ein paar Minuten. Aber denkt daran, ich habe euch im Auge."

Francisca umarmte Ike. Er drückte ihre Hände.

Doch Franciscas Freude wurde schnell von der Realität überschattet. Sie drehte sich zu Neumann um. „Bitte, hab Erbarmen. Ike ist unschuldig. Lass ihn frei."

„Erbarmen? Das hier ist ein Gefängnis, kein Almosenhaus. Wenn du willst, dass ich ihn freilasse, musst du mir mehr bieten. Es muss ja nicht unbedingt Geld sein." Er leckte sich über die Lippen, griff in seinen Schritt und rieb daran, bis sich unter seiner Hose eine Beule abzeichnete.

Francisca erstarrte.

Neumann trat so nah, dass sie seinen Atem wahrnahm, der nach Tabak und Alkohol roch. „Du kannst mir etwas geben, das viel wertvoller ist."

Panik stieg in ihr auf, doch sie versuchte, ruhig zu bleiben. „Nein."

Neumann packte sie grob am Arm. „Du zierst dich? Meinst, du bist etwas Besseres? Oh, du wirst es verstehen, wer hier Oberwasser hat. Und wenn du nicht kooperierst, wird dein Freund hier das doppelte Leid ertragen müssen." Er schlug die Tür hinter sich zu, sodass sie nicht mehr hinaus kam. „Und glaube nicht, dass dein Freund irgendeine Einflussmöglichkeit hat. Sieh, wie er sich in seine Fesseln wirft. Ist das nicht niedlich? Wenn das keine wahre Liebe ist." Er lachte.

Bevor Francisca reagieren konnte, stieß er die Tür auf und zog sie brutal mit sich in den Gang. Er warf sie auf den Boden, schob ihr Kleid hoch, drückte mehrere Finger in sie hinein, so schnell, dass sie erst nicht begriff, was er tat. Sie stöhnte vor Schmerz auf. Er lachte.

Francisca biss und kratzte, sie schlug und trat und schrie. Neumann keuchte, doch er presste nun die ganze Hand in ihr Innerstes. Es fühlte sich an, als würde etwas in ihr zerbrechen, nicht nur in ihren Eingeweiden, sondern auch in ihrer Seele. Mit der anderen Hand zog er seinen Schlagstock hervor. Sein Griff war nicht fest genug, so konnte sie ihm den Stock entwinden. Ihr Körper reagierte reflexartig. Sie umfasste den Knüppel mit beiden Händen, holte aus, schlug zu – und traf ihn mitten auf dem Schädel. Es krachte. Blut spritzte. Er sank in sich zusammen mit einem überraschten Ausdruck im Gesicht. Mit einem Knall landete sein Körper auf dem Boden. Seine Hand glitt aus ihr heraus. Der Schmerz war noch immer so, als würde sie gerade ein Kind gebären. Blut rann ihr die Schenkel hinunter, doch sie hatte keine Zeit, sich um ihre Verletzungen oder um August Neumann zu kümmern.

Sie nahm den Schlüsselbund und eilte in die Zelle zurück. Ihre Hände zitterten so sehr, dass ihr die Zeit, die sie brauchte, um die Ketten zu öffnen, wie Stunden erschien.

Ike blieb erstarrt stehen mit dem Blick auf den in sich zusammengesunkenen, reglosen und blutenden Wärter.

„Wir müssen hier raus, sofort!“, rief Francisca.

Ike ging zum Wärter und tastete am Hals nach dem Puls. Er schüttelte den Kopf. „Nichts.“

Francisca zog ihn hoch und weiter mit sich. Ihre Schritte hallten durch die Korridore.

„Immer aufwärts. Bei Treppen immer nach oben“, sagte sie.

Alarmglocken begannen zu schrillen.

Sie erreichten einen Dachboden, an dessen Ende sich ein Fenster befand. Francisca öffnete es hastig und schaute hinaus. Die Dächer der angrenzenden Gebäude boten eine schmale, aber mögliche Fluchtroute. Sie atmete tief durch. „Wir schaffen das", sagte sie.

Gemeinsam kletterten sie aus dem Fenster. Die kalte Nachtluft schlug ihnen entgegen, und der Regen machte die Dächer rutschig. Doch Franciscas jahrelange Übung auf dem Seil zahlte sich aus. Mit einer geschmeidigen Bewegung balancierte sie über den schmalen Dachfirst und half Ike, das Gleichgewicht zu halten.

Aus dem Gebäude hörten sie das Rufen der Wachen, doch die Dunkelheit bot ihnen Schutz. Es gelang ihnen, ohne Verletzungen auf eine Mauer zu springen und dann an einem Baum weiter hinunterzugleiten. Nun konnten sie in den verwinkelten Gassen der Stadt verschwinden.

Sie erreichten Magdalenas Haus, ohne dass sie jemand aufhielt. Francisca warf sich gegen die Haustür. Das Schloss knackte, die Tür schwang auf. Dann rannte sie weiter die Treppen empor, ohne sich weiter nach Ike umzusehen. Seine Schritte waren weiterhin hinter ihr zu hören.

Verzweifelt klopfte sie an der Wohnungstür. Es dauerte eine Weile, bis Magdalena öffnete.

„Bitte, Tante, wir brauchen Hilfe. Die Polizei sucht uns!" Francisca drängte sich an ihr vorbei. Dann drehte sie sich zu Ike um. Er blieb im Flur stehen. Erst jetzt registrierte sie seine Gefangenenkleidung und welchen Eindruck er auf Magdalena machen musste.

Magdalena runzelte die Stirn. „Also gut, komm rein", sagte sie zu ihm. „Aber ich sage es gleich: Ich kann euch hier nicht lange verstecken. Die Polizei wird zuerst hier nach euch suchen. Das hier ist kein sicherer Ort."

„Wir wissen nicht, wohin sonst", sagte Francisca.

„Hier in der Wohnung könnt ihr schon gar nicht bleiben. Folgt mir. Ihr könnt vorerst auf dem Dachboden bleiben. Vorerst!"

Sie führte sie durchs Treppenhaus hinauf bis zu einer schmalen Tür am Ende eines langen Flurs. Sie zog einen Riegel zurück und schob die Tür auf. Der Dachboden lag in tiefer Dunkelheit vor ihnen, und der muffige Geruch von Staub und altem Holz schlug ihnen entgegen.

„Eure Augen werden sich bald an die Dunkelheit gewöhnen. Jetzt ist nur wichtig: Verhaltet euch ruhig. Ihr dürft nicht reden. Nicht umhergehen. Und natürlich nicht nach mir rufen. Ihr müsst sehen, wie ihr hier zurechtkommt."

„Eine Kerze ...", begann Francisca.

„Gibt es nicht. Ich bringe euch später Wasser und etwas zu essen. Aber ihr müsst so bald wie möglich weg. Es ist zu gefährlich."

Magdalena wartete die Antwort nicht ab.

Sie ging wieder in den Flur, schloss die Tür und drückte den Riegel vor.

Wie erstarrt blieb Francisca stehen. Es dauerte eine Weile, doch dann reichte das Mondlicht, das durchs

Dachfenster aus, dass sie Konturen erkennen konnte. Der Dachboden war ein langer, niedriger Raum, dessen Deckenbalken in regelmäßigen Abständen herabhingen. Kisten und alte Möbelstücke stapelten sich in den Ecken, bedeckt von Staub.

Francisca setzte sich erschöpft auf eine alte Truhe. Sie dachte an August Neumann. Nun war sie eine Mörderin.

Ike hockte sich neben sie und nahm schweigend ihre Hand. Stille umfing sie.

Einige Minuten später kehrte Magdalena zurück, einen Krug Wasser und zwei Scheiben Brot in den Händen. „Hier, es muss reichen. Vorerst."

Francisca bedankte sich, nahm das Wasser und trank hastig. Als Magdalena wieder gehen wollte, fiel Francisca noch etwas ein, das sie ganz vergessen hatte: „Das Pferd!" Sie erklärte, dass das Pferd unbedingt zu Frieda zurückgebracht werden musste. „Ich habe es ihr versprochen."

„Das ist unmöglich. Aber auf dem Hinterhof kann es auch nicht bleiben. Das wird Aufmerksamkeit erregen. So ein Ärger!" Sie zögerte. „Ich werde das Pferd zu einer Freundin bringen. Das ist das Einzige, was ich noch für euch tun kann. Morgen Nacht müsst ihr wieder verschwinden. Es tut mir leid."

Samstag, 30. Mai 1887

Francisca erwachte aus unruhigem Schlaf. Ihre Glieder schmerzten, weil nur eine Wolldecke auf dem Holzboden ihnen als Lager diente. Alle Knochen fühlten sich steif an. Zwei Tage und zwei Nächte hatten sie und Ike nun schon auf dem Dachboden verbracht. Sie hatten kaum Platz zum Bewegen, und das Dämmerlicht bei Tag drückte auf ihre Gemüter. Der muffige Geruch von Staub und altem, feuchtem Holz vermischte sich inzwischen mit dem Gestank des Eimers, der ihnen als Behältnis für ihre Notdurft diente. Daran konnte auch der Deckel über dem Eimer nichts ändern. Ihre Kleidung klebte an ihrer Haut, und sie sehnte sich danach, sich ausgiebig zu waschen.

Langsam setzte sich Francisca auf und massierte ihre schmerzenden Schultern. Die Verletzungen, die ihr der Wärter zugefügt hatte, waren inzwischen so weit verheilt, dass sie sich wieder problemlos bewegen konnte. Ike neben ihr schlief noch. Seine Atmung war flach und unruhig.

Das wenige Brot und Wasser, das Magdalena ihnen gebracht hatte, war längst aufgegessen, auch wenn es bis zum Mittag hätte reichen sollen. Franciscas Magen fühlte sich an wie ein Loch, das zu groß war, um es jemals zu stopfen. Jedes Geräusch aus dem Treppenhaus jagte ihren Puls in die Höhe.

Auch Magdalenas Nerven waren inzwischen bis zum Äußersten gespannt, die Situation war für alle Beteiligten unerträglich geworden. Es musste sich etwas ändern.

Sie grübelte, wie die Tage zuvor, ohne zu einem Ergebnis zu kommen. Gleichgültig, wofür sie sich entschied, es gab keine gute Lösung.

Dann weckte sie Ike.

„Wir können nicht länger hierbleiben", flüsterte sie. „Ich muss raus und die Lage sondieren."

„Ich komme mit." Er nahm ihre Hand.

Sie schüttelte den Kopf. „Ich falle weniger auf als du. Lass mich allein gehen."

Ike nickte langsam. „Aber sei vorsichtig. Wenn dir etwas passiert, würde ich es mir niemals verzeihen."

Francisca stand auf und schlich zur Tür. „Wenn Magdalena kommt, sag ihr Bescheid, dass ich bald zurück bin." Sie zwang sich zu lächeln, auch wenn ihre Knie zitterten.

Leise öffnete sie die Tür, horchte eine Weile, und als alles still blieb, trat sie hinaus in den Flur. Nur das Knarren der Dielen unter ihren Füßen begleitete sie, keine der Wohnungstüren ging auf. Durch die milchige

Glasscheibe konnte sie in Magdalenas Flur blicken. Dort war alles dunkel. Wahrscheinlich schlief Magdalena noch. Francisca schlich weiter nach unten und trat hinaus in die kühle Morgenluft. Sie blieb einen Moment lang stehen, um die Freiheit zu genießen. Die Straßen waren fast menschenleer, nur vereinzelt hörte man das Rattern einer Kutsche. Die Sonne tauchte die Stadt in ein sanftes, goldenes Leuchten.

Francisca hielt sich dicht an den Häuserwänden und versteckte sich in Eingängen, wann immer sie Schritte hörte.

Plötzlich blieb sie wie angewurzelt stehen. Vor einem kleinen Zeitungskiosk, der gerade seine Auslagen sortierte, entdeckte sie die Titelseite der aktuellen Tageszeitung. Dort prangte ihr Gesicht und das von Ike! Sie las die Schlagzeile: „Gesucht: Mörderin und entflohener Afrikaner."

Schnell ging sie weiter, bis sie vor einer noch geschlossenen Buchhandlung erstarrte mit dem Blick auf ein Plakat.

Gesucht!

Belohnung: 1000 Reichsmark

Für Informationen, die zur Ergreifung von Ikechukwu, genannt „Ike", und Francisca López führen.

Gesucht wegen:

Mordes an einem Gefängniswärter

Gefährliche Personen, bei Sichtung nicht ansprechen, sondern sofort die Polizei verständigen!

Die Fahndungsplakate waren überall. An Türen von Geschäften, in Schaufenstern und an Bäumen hingen Plakate mit ihren Porträts und der Aufforderung, Hinweise sofort der Polizei zu melden. Franciscas Atem ging schneller, und sie musste sich zwingen, nicht kopflos zu fliehen. Jeder würde sie erkennen. Jeder würde nach ihnen suchen.

Sie presste sich in einen Hauseingang und versuchte, ihre Gedanken zu ordnen. Wie sollten sie entkommen, wenn ihre Gesichter überall zu sehen waren? Bald würden die Straßen voller Menschen sein. Sie musste zurück zu ihrem Versteck bei Magdalena, zurück zu Ike, erreichen konnte sie nichts, im Gegenteil. Je länger sie draußen blieb, umso mehr brachte sie sich in Gefahr.

Vorsichtig lugte sie auf die Straße. Eine Kutsche fuhr vorbei. Zwei Männer näherten sich, bogen dann in eine Seitengasse ein. Einen Moment lang herrschte Stille. Endlich wagte sie sich hervor. Mit gesenktem Blick eilte sie voran, bis eine Frau vor ihr schreiend zur Seite sprang.

„Da! Das ist sie! Die Mörderin von den Plakaten!"

Ein Mann stimmte sofort ein. „Ruft die Polizei! Holt jemanden! Sie ist hier!"

Franciscas Blick huschte hektisch umher auf der Suche nach einem Fluchtweg. Leute auf der Straße drehten sich zu ihr um.

„Halt! Bleiben Sie stehen! Polizei", schrie es von der anderen Seite.

Franciscas Überlebensinstinkt setzte ein. Sie drehte

sich um und rannte los. Hinter ihr erklangen schwere Schritte. Sie sprang über die Mauer in einen Hinterhof, gelangte von dort in einen anderen Hof, dann in einen Garten, weiter auf eine ihr unbekannte Gasse. Sie schlängelte sich durch die Straßen, bog scharf um eine Ecke und rannte, ohne stehen zu bleiben. Ihren Stock hatte sie verloren, doch die Angst unterdrückte jeden Schmerz. Längst achtete sie nicht mehr darauf, ihr verletztes Bein weniger zu belasten. Ihr Atem ging keuchend. Irgendwo musste es einen Unterschlupf geben! Von den Verfolgern war nichts mehr zu hören.

Vor ihr tauchte eine schmale Seitengasse auf, kaum breit genug für eine Person. Ohne zu zögern, zwängte sie sich hindurch und presste sich in eine Nische an die Wand, beugte sich keuchend vor, bis sich ihr Atem langsam beruhigte.

Sie wusste nicht, wie lang sie dort im Schatten verharrte. Eine halbe Stunde? Oder zwei Stunden?

Sie versicherte sich, dass alles um sie herum ruhig blieb und trat vorsichtig aus ihrem Versteck. Jeder Schritt war, als würde sie über dünnes Eis gehen und könnte jederzeit einbrechen.

Sie orientierte sich bei ihrem Rückweg am Stand der Sonne, bis sie bekannte Straßen erreichte, immer darauf bedacht, sich in den Schatten zu halten und den wenigen Menschen, die bereits unterwegs waren, auszuweichen.

Endlich kam sie am Haus ihrer Tante an. Das Gebäude betrat sie durch den Hintereingang und lauschte auf Geräusche, doch alles war noch immer still.

Sie schlich die Treppe hinauf, zurück zu dem schmalen Flur, der zum Dachboden führte.

Sie trat ein, schloss die Tür hinter sich und sank erschöpft auf die alte Truhe.

„Ich wurde erkannt", flüsterte sie. „Sogar ein Polizist war hinter mir her. Überall hängen Suchplakate. Es wird immer gefährlicher, je länger wir hierbleiben."

Ike nahm ihre Hand. Er schwieg.

Francisca versuchte, zur Ruhe zu kommen. Doch die Luft schien vor Anspannung zu flirren.

Gemeinsam warteten sie, bis Magdalena kam. Hinunterzugehen wagte nun keiner von ihnen mehr.

Endlich öffnete sich die Tür und Magdalena trat ein, die Tageszeitung mit ihren Bildern auf der Titelseite unter den einen Arm geklemmt und einem Bündel Kleidung in der anderen Hand.

„Ihr müsst weg. Ich habe euch neue Kleidung gebracht. Francisca, das Kleid hier ist von mir. Es wird dir zu groß sein, aber es ist besser als nichts. Und das hier ist von Heinrich, meinem ... verstorbenen Mann. Es sollte Ike passen."

Francisca nahm das graue Kleid in die Hand, das grobe Leinen war schwer. „Danke." Sie zog sich um. Ike passten Hemd und Hose perfekt.

„Wie konnte es nur so weit kommen?" Mit einem tiefen Atemzug wischte Magdalena sich die Tränen ab und stand auf. „Kommt. Wir gehen hinunter in die Wohnung. Ich will nicht, dass uns diese letzten Stunden uns genommen werden. Wer weiß, ob wir uns jemals wiedersehen."

Bei Einbruch der Dunkelheit erklärte Magdalena den beiden ihren Plan: „Es gibt ein altes Theater in der Stadt.“ Sie reichte erst Francisca einen Mantel, suchte dann einen Mantel aus der Kiste, in der sie die Erinnerungsstücke an ihren Heinrich aufbewahrte. „Unter dem Theater existiert ein Versteck, wo einige ehemalige Zirkusartisten leben. Ich weiß es noch von Ana. Dort sind Freunde, die uns helfen werden.“

Francisca nickte, auch wenn sich ihre Angst kaum beherrschen ließ.

„Lasst uns gehen“, sagte Magdalena. „Haltet euch hinter mir.“

Die Dunkelheit bot ihnen Schutz. Magdalena führte sie durch Gassen und durch Hinterhöfe. Mehrmals hielten sie an, um zu lauschen, ob jemand ihnen folgte. Aber niemand war auf den Straßen.

Knapp eine Stunde später erreichten sie das alte Theater. Die Fassade war in der Nacht nur schemenhaft zu erkennen.

Magdalena öffnete eine unscheinbare Tür an der Seite des Gebäudes. Eine schmale Treppe führte hinunter, auf der sie tiefer in das Gemäuer vordrangen. Unten angekommen, öffnete sich vor ihnen ein großer Raum, in dem sich Reste alter Requisiten befanden, der von Öllampen und Kerzen erleuchtet wurde. In der Mitte des Raumes standen einige Menschen, neben einem Tisch in einer Gruppe zusammen. Francisca versuchte, sie zu zählen. Einmal kam sie auf neun, bei der zweiten Zählung auf zwölf.

Eine Frau mit silbergrauen Haaren trat vor und begrüßte Magdalena wie eine alte Bekannte. „Das müssen die beiden sein, von denen du gesprochen hast."

Magdalena nickte und stellte sie einander vor. „Das ist Gertrud. Eine alte Freundin von Ana. Wir haben uns jahrelang nicht gesehen und ich habe mich erst gestern wieder an sie erinnert. Sie hat sofort ihre Hilfe zugesagt."

Gertrud reichte Francisca und Ike die Hand. „Willkommen."

Francisca blickte sich um. Die herzliche Begrüßung und die freundlichen Gesichter um sie herum gaben ihr ein Gefühl der Sicherheit, das sie seit Tagen nicht mehr gespürt hatte.

Ein älterer Mann, der sich als Klaus vorstellte, nickte ihnen zu. „Setzt euch, wir haben viel zu besprechen." Er deutete auf ein paar einfache Stühle um den Tisch herum und wartete, bis die gesamte Gruppe Platz genommen hatte.

„Wir haben von eurer Situation gehört", begann Klaus, der der Wortführer zu sein schien. „Und wir möchten euch helfen, die Stadt zu verlassen. Das Wichtigste ist, dass ihr nicht auffallt und erst einmal sicher versteckt bleibt, bis sich die allgemeine Aufregung gelegt hat."

Ein jüngerer Mann fuhr fort: „Wir haben eine Möglichkeit, wie ihr mit einem Frachter nach Amerika kommen könnt. Diese Schiffe nehmen oft Arbeiter auf, die sich die Überfahrt verdienen. Es ist nicht einfach, aber trotzdem wahrscheinlich der einzig mögliche Weg."

Francisca schämte sich bei dem Gedanken, wie viel Geld Magdalena gezahlt hatte, damit sie so herzlich aufgenommen wurden. Dass niemand sie wie Verbrecher behandelte. Sie würde ewig in der Schuld ihrer Tante stehen.

„Wie können wir das anstellen?", fragte Francisca.

„Wir haben Kontakte im Hafen", erklärte Klaus. „Es gibt einige Kapitäne, die bereit sind, Leute wie uns mitzunehmen. Wichtig ist, die erste Aufregung abklingen zu lassen, dann bringe ich euch an Bord." Er sprach über die beste Route zum Hafen, die Zeitpunkte der Schiffsabfahrten und die Art der Arbeit, die sie an Bord leisten müssten.

Dann wurde Essen aufgetragen. Sie plauderten und scherzten, jemand begann, Seemannslieder zu singen. Die anderen stimmten mit ein.

Als die ersten Strahlen der Morgensonne durch die Ritzen der Holzdecke drangen, legte Magdalena eine Hand auf Franciscas Schulter. „Ich lasse euch jetzt allein."

Montag, 1. Juni 1887

Francisca erwachte in Ikes Armen. Obwohl sie nur ein paar Stunden geschlafen hatte und immer wieder von den Geräuschen der vielen Menschen in dem Raum aufgewacht war, fühlte sie sich frischer als in den Wochen zuvor. Sie und Ike waren zusammen. Sie würden fliehen. Das war die Hauptsache.

Richtig hell wurde es in ihrem Versteck nie. Das Licht der Öllampe warf flackernde Schatten an die Wände. Inzwischen hatten fast alle Bewohner den Raum unter dem alten Theater verlassen, nur Jürgen saß am Tisch. Francisca war der hochgewachsene, kräftige Mann mit buschigen Augenbrauen etwas unheimlich, was nicht nur an der Narbe lag, die sich quer über seine rechte Wange zog. Seine dunklen Augen schienen ununterbrochen in Bewegung zu sein, als ob er immer auf der Lauer vor kommender Gefahr wäre. Abends saß er am Tisch und morgens als Erster, wo er auch einen Großteil des Tages verbrachte. Möglicherweise schlief er sogar im Sitzen.

„Guten Morgen“, sagte Francisca.

Jürgens Oberkörper straffte sich. „Wir müssen in einer Stunde aufbrechen. Das Schiff legt am Nachmittag ab, und wir dürfen keine Zeit verlieren.“

Francisca weckte Ike. „In einer Stunde aufbrechen? Das Schiff legt ab?“, fragte sie und sah abwechselnd zu Ike und zu Jürgen. „Warum sagst du mir das erst jetzt?“

„Abfahrt?“ Ike schüttelte den Kopf. „Warum hat Klaus dann gestern Abend nichts davon gesagt?“

„Es hat sich kurzfristig ergeben. Ich bin auch gerade erst gekommen, wollte mich nur kurz ausruhen und euch noch ein paar Minuten Schlaf gönnen.“ Jürgen stand auf und knöpfte seine Jacke zu. „Auf, auf, ihr Langschläfer!“

Franciscas Magen zog sich zusammen. „Bist du dir sicher, dass das Schiff uns ohne Papiere mitnimmt?“

Jürgen nickte. „Ja, ich habe mit dem Kapitän gesprochen. Persönlich. Wo meint ihr denn, wo ich gerade gewesen bin? Am Hafen. Der Kapitän ist einverstanden, wenn ihr als Arbeiter anheuert. Wir dürfen nur keine Zeit verlieren.“

„Was genau für ein Kapitän?“, fragte Francisca.

„Aus Peru. Wollt ihr mit ihm in seine Heimat fahren oder nicht?“

„Peru? Es hieß doch Argentinien ... oder noch besser Brasilien ...“

„Ist der werten Dame die Überfahrt nun plötzlich nicht mehr gut genug? Will sie auf eine Passage direkt nach Ellis Island warten?“

Francisca erschrak von dem Stoß in die Seite, den Ike ihr versetzte.

Ike legte seine Hand auf Franciscas und sah sie ernst an. „Wir müssen es versuchen, Francisca. Es könnte unsere einzige Möglichkeit sein."

„Aber Peru …" Sie versuchte, sich an den Globus zu erinnern, der im Zimmer ihres Vaters gestanden hatte. Ja, sie war sich definitiv sicher: „Peru liegt im Westen von Südamerika, das ist doch mit einem Schiff über den Atlantik gar nicht zu erreichen. Oder …" War dort nicht ganz im Süden die Spitze, die noch zu Peru gehörte? Aber so weit im Süden ankern? Wie sollten sie dann nach New York gelangen? Wieder erinnerte sie sich daran, wie sie so oft als Kind vor dem Globus gestanden hatte. Sie sah ihn so deutlich vor sich, als könne sie ihn berühren und drehen. „Fährt das Schiff an diesem englischen Flottenstützpunkt vorbei … an den Islas Malvinas?" Wie wurden diese Inseln noch einmal im Deutschen genannt?

„Was fragst du mich nach Schiffsrouten? Bin ich der Kapitän? Ich kann nur weitergeben, was ich von ihm gehört habe." Jürgen setzte sich wieder. „Aber mir ist es gleichgültig. Bleibt hier sitzen bis in alle Ewigkeit, wenn es euch gefällt."

Franciscas Skepsis legte sich nicht. Sie hatte in den letzten Wochen zu viele Enttäuschungen erlebt, zu viele gebrochene Versprechen. „Warum genau heute, obwohl es gestern noch keinen Plan gab?", fragte sie und suchte Jürgens Blick. „Warum müssen wir uns plötzlich so beeilen?"

„Wo zur Hölle liegt euer Problem? Klaus schickt

mich zum Hafen. Ich gehe hin und komme mit der besten Nachricht zurück, die es nur geben kann. Und ihr?“ Jürgen zuckte mit den Schultern. „Der Kapitän hat mir versprochen, heute loszufahren. Wenn wir nicht rechtzeitig da sind, sind wir für immer verloren.“

Francisca beobachtete Jürgen genau. In seinem Gesicht lag eine Anspannung, die sie nicht deuten konnte. Sie neigte sich zu Ike und hoffte, Jürgen würde ihre Worte nicht hören. „Was, wenn es eine Falle ist?“, flüsterte sie.

Ike schüttelte den Kopf. „Wir müssen ihm vertrauen. Es gibt keinen anderen Weg.“

Francisca atmete tief durch und nickte. „In Ordnung. Aber wenn wir einen Verdacht haben, dass etwas nicht stimmt, drehen wir sofort um.“

Eilig packten sie ihre Habseligkeiten zusammen. Ike trug seinen Beutel und in der anderen Hand Franciscas Koffer. Zu dritt machten sich auf den Weg zum Hafen. Jürgen führte sie durch Gassen und Hinterhöfe, immer wieder sah er sich um. Der Regen hatte aufgehört, doch die Wolken hingen schwer über ihnen. „Warum gehen wir nicht direkt zum Hafen?“, fragte Francisca.

Jürgen drehte sich kurz um und lächelte beruhigend. „Der direkte Weg ist zu riskant. Überall sind Polizisten. Wir müssen unauffällig bleiben und diese Strecke nehmen. Ich kenne die Stadt gut, vertraut mir.“

Jürgen hielt inne und deutete auf eine enge Gasse, die von hohen, verlassenen Gebäuden gesäumt war. „Hier entlang. Es ist sicherer. Wir müssen den Hauptstraßen ausweichen.“

Sie folgten ihm weiter, passierten eine Gruppe von Männern, die sich an einer Straßenecke versammelt hatten und sie misstrauisch musterten. Einer der Männer rief etwas, was Francisca nicht verstand, aber Jürgen winkte ab und ging zügig weiter.

„Nur ein paar Trunkenbolde. Keine Sorge, wir sind bald da."

Doch Francisca konnte die Angst nicht abschütteln. „Warum sind wir nicht schon längst am Hafen?", fragte sie wieder.

Jürgen blieb stehen. „Weil wir nicht geschnappt werden wollen. Ich habe diesen Weg sorgfältig geplant. Ich weiß, es ist beängstigend, aber wir müssen voran. Noch ein paar Minuten, und wir sind in Sicherheit."

Francisca versuchte, ihre Panik zu beherrschen. Aus einer dunklen Gasse hörte sie das Knistern von Papier und ein leises Rascheln. Abrupt blieb sie stehen.

Jürgen drehte sich erneut um und hob beschwichtigend die Hand. „Wir sind fast da. Dort vorne, seht ihr das? Das Licht? Von hier aus können wir unbemerkt aufs Schiff gelangen."

Francisca zwang sich, einen weiteren Schritt zu machen, dann noch einen.

Sie näherten sich dem Licht, und nun öffnete sich die enge Gasse zu einem breiteren Weg, der direkt zu den Lagerhäusern am Hafen führte. Jürgen blieb stehen und drehte sich um.

„Seht ihr? Ich habe es euch gesagt. Wir sind da."

Je näher sie dem Anleger kamen, desto unruhiger wurde Francisca. Jürgen lief immer schneller. Ike schien ihre Gedanken zu ahnen. Beruhigend drückte er ihre Hand.

„Da vorne ist es." Jürgen deutete auf ein großes Segelschiff, das am Kai lag. „Los jetzt, wir müssen an Bord, bevor die Wachen uns sehen. Gerade ist die Luft rein."

Francisca und Ike tauschten einen kurzen Blick. Dann nickten Francisca und sie folgten Jürgen in Richtung des Schiffes. Doch als sie die Planke betreten wollten, hielt sie inne und zog Ike zurück.

„Warte", flüsterte sie.

Jürgen drehte sich um, er presste angespannt die Lippen aufeinander. „Was ist los? Wir müssen weiter!"

Doch Francisca konnte die Angst in seinen geweiteten Augen sehen. Es war nicht nur Eile, es war Panik. Etwas stimmte nicht.

„Warum bist du so nervös, Jürgen?"

Jürgen öffnete den Mund, um etwas zu sagen, doch in diesem Moment tauchten mehrere Männer in Uniformen auf, die aus dem Schatten traten.

„Stehen bleiben! Polizei!"

Von einer Sekunde auf die nächste waren sie von uniformierten Polizisten eingekesselt.

„Nein!" Francisca wich zurück, doch sie wurde gepackt und zu Boden geworfen. Die rauen Steine unter ihr schürften ihre Haut auf. Sie schrie.

Auch Ike wurde brutal auf das Pflaster gestoßen. Er wehrte die Angreifer ab, aber es waren zu viele. Ein Polizist trat ihm in die Seite. Ike keuchte vor Schmerz.

„Lasst mich los!", schrie Francisca und schlug um sich, sie kratzte und versuchte zu beißen. Doch die Polizisten waren stärker. Ihr Kopf wurde auf den Boden gedrückt, ein Polizist trat ihr mit seinem schweren Stiefel auf den Rücken, sodass sie sich nicht mehr rühren konnte.

Aus dem Augenwinkel sah sie Jürgen. Er stand direkt neben ihr.

„Es tut mir leid, Francisca. Aber die Belohnung ... Ich brauchte das Geld. Tausend Reichsmark!"

Montag, 1. Juni 1887

„Du Verräter!“, schrie Francisca und versuchte, sich aufzurichten, doch der Druck auf ihrem Rücken wurde stärker. „Wie konntest du nur?“

Handschellen klickten um ihre Handgelenke und schnitten ihr ins Fleisch.

Jürgen wandte sich ab, ohne ein weiteres Wort zu sagen.

„Bewegt euch!“, befahl einer der Polizisten, zog Francisca hoch und stieß sie vorwärts. Sie stolperte und fing sich wieder und in dem Moment begegnete ihr Blick dem von Ike.

Sie sahen sich an.

Ike nickte.

Sie verstand ihn ohne Worte.

„Jetzt!“, schrie er und warf sich mit aller Kraft gegen den Polizisten, der ihn hielt.

Der Mann stolperte und fiel.

Francisca nutzte das Durcheinander. Sie trat dem Polizisten, der sie umfasste, mit aller Kraft gegen das Schienbein. Er stöhnte auf. Kurz lockerte sich sein Griff. Sie drehte sich um und rammte ihm den Ellbogen in den Magen. Der Mann keuchte und sank auf die Knie, während Francisca sich befreite und zeitgleich mit Ike loslief, auch wenn die Flucht erschwert war durch ihre auf dem Rücken fixierten Hände.

„Halt!“, rief einer von ihnen und hielt seine Waffe hoch.

Franciscas Herz setzte einen Schlag aus. „Lauf!“, schrie sie und rannte noch schneller. Jeden Moment erwartete sie einen Schuss, spannte alle Muskeln an in Gedanken auf den Schmerz, wenn die Kugel in sie eindrang. Aber niemand schoss.

Ike rannte knapp hinter ihr, nahm ihre Hand, überholte sie und zog sie weiter voran.

Die wenigen Sekunden, die die Uniformierten brauchten, um sich in Bewegung zu setzen, reichten, um Francisca und Ike den entscheidenden Vorsprung zu verschaffen. Hinter ihnen erklangen Rufe und das Stampfen von Stiefeln. Alles in ihr drängte danach, sich umzudrehen, um zu sehen, wie nah ihre Verfolger waren, doch sie wusste, dass sie nicht stehen bleiben durften. Jeder Bruchteil einer Sekunde zählte. Ihr Atem ging schnell, ihr Herz raste, in ihrer Brust und in ihrer Seite stach es. Trotzdem rannte sie weiter, hatte auch keine andere Wahl, so fest hielt Ike ihre Hand umschlossen.

Vor ihnen tauchte ein Holzlager auf. Kein Mensch war hier zu sehen. Sie schlüpften durch das geöffnete Tor und versteckten sich in einem Haufen von Sägespänen. Dort sanken sie erschöpft auf den Boden.

„Was jetzt?“, flüsterte Francisca. Die Hände auf ihrem Rücken waren taub. Die Handschellen hatten so stark eingeschnitten, dass sie warmes Blut spürte, das sich zwischen ihren Fingern sammelte.

Ike schwieg.

Bald kamen Arbeiter. Hölzer wurden gesägt und abtransportiert. Franciscas Mund war von der Flucht so trocken, dass ihre Zunge am Gaumen klebte und die Lippen aneinander pappten.

Lange nach Einbruch der Dunkelheit leerte sich die Halle wieder. Jemand schloss das Tor und verriegelte es von außen.

Wir waren in Sicherheit. Vorerst.

„Wir müssen zu Frieda!“ Ihre Worte waren mehr ein Keuchen. Die Handschellen auf ihrem Rücken schnitten immer noch in ihre Haut.

„Aber zuerst ...“ Ike sah sich um. „Es muss hier etwas geben, womit wir die Handschellen aufbrechen können.“

Langsam trat er aus dem Haufen von Sägespänen hervor. Seine Bewegungen waren schwerfällig und ungelenk. Er ging zu einem rostigen, alten Sägeblock und begann, seine Hand daran zu reiben. Erst langsam, dann schneller und schneller. Vor Anstrengung verkrampften sich seine Hände. Er stöhnte vor Schmerz.

Nach einer Weile hörte Francisca das erlösende Knacken von Metall, und die Handschellen fielen auseinander. Eine Seite war geöffnet. Nun ging es schneller, weil Ike nicht mehr hinter seinem Rücken arbeiten musste, sondern sah, was er tat. Bald knallten seine Handschellen auf den Boden.

Seine Unterarme und Hände waren voller Blut, doch seine Hände ließen sich bewegen. Blut tropfte neben ihn.

„Jetzt du", sagte er, küsste sie und schob sie zum Sägeblock. Mit beiden Händen umfasste er ihre Ketten und begann zu sägen.

Sie spürte die Hitze, die sich entwickelte, und schloss die Augen, rechnete jeden Moment mit einem Schmerz, der jedoch ausblieb.

Es schienen Stunden zu vergehen, obwohl sie wusste, dass es nur wenige Minuten waren, bis auch ihre Handschellen aufbrachen, erst an der linken Hand, kurz darauf an der rechten.

„Jetzt müssen wir hier raus", sagte Ike.

Einen Moment lauschte Francisca. In der Halle und auf dem Vorplatz war es still, nur das Heulen des Windes in den undichten Dachschindeln war zu hören. Ike führte sie zur Hintertür, deren Schloss er mit einem Stück Holz aufbrach. Sie traten ins Freie, rannten und rannten, aus der Stadt hinaus über Wiesen und Felder. Wenn möglich, hielten sie sich im hohen Gras versteckt.

Franciscas Beine fühlten sich schwer an, sie war müde und erschöpft, aber sie wusste, dass sie nicht anhalten durfte, um den Schutz der Dunkelheit auszunutzen. Wenn sie sich auf den Boden legte, würde sie nie mehr aufstehen wollen. Sie ignorierte das Stechen in den Rippen vom Tritt des Polizisten und konzentrierte sich auf jeden Schritt und jeden Atemzug.

Endlich tauchten in der Ferne die Lichter von Friedas Pension auf.

„Da vorne!“, rief Francisca. Ihre Stimme war heiser.

Sie kämpften sich durch das letzte Stück Feld, mitten durch das Korn, ihre Schritte wurden langsamer, nun, da ihnen keine Gefahr drohte. An der Umzäunung von Friedas Grundstück blieb Francisca stehen, um Atem zu holen. Ihre Hände, Arme und Beine zitterten, doch sie hatte es geschafft.

„Schnell, weiter“, drängte Ike und half ihr über den Zaun.

Anschließend schlüpften sie durch die Hecken und liefen auf das alte Bauernhaus zu.

Auf der Weide direkt am Haus erblickte Francisca das schwarze Pferd. Sie atmete auf, dass Magdalena dafür gesorgt hatte, das Tier wohlbehalten zurückzubringen.

„Das Pferd ist wieder da“, sagte Francisca leise zu Ike, der an die Tür hämmerte.

Frieda öffnete und starrte sie mit weit aufgerissenen Augen an. „Wat is denn nu passeert?“

„Wir wurden verraten. Wir brauchen deine Hilfe. Es tut mir so leid. Wenn du willst, dass wir gehen, tun wir es.“ Sie waren wie Vogelfreie. Wer ihnen half, brachte sich in Gefahr. Wer ihnen etwas antat, würde ungestraft davonkommen. Sicherheit gab es in dieser Stadt für sie nicht mehr.

Frieda nickte und zog sie ins Haus, verschloss die Tür hinter ihnen und warf einen prüfenden Blick nach draußen. „Ich harr dat in de Gazette lesen un harr hofft, dat jüm dat längst de Stadt verlaatn harrt", sagte sie. „Kumm eerst mol rin, ji müsst ju utruhen."

Sie führte die beiden in die Küche, wo sie sich auf die Stühle setzten. Hier waren sie in Sicherheit. Zumindest für den Moment.

„Danke, Frieda", flüsterte Francisca, ihre Augen brannten und tränten vor Müdigkeit, sodass die Umgebung wie hinter einem Schleier verschwand. „Danke."

Francisca nahm einen tiefen Atemzug und begann zu erzählen. „Der Wärter im Gefängnis ... Er wurde zudringlich. Er wollte mich vergewaltigen. Ich wollte ihn nicht töten, sondern nur, dass er aufhört. Dann war er tot. Einfach tot, es war nur ein Schlag, nicht einmal wirklich kräftig." Ihre Stimme bebte. „In der Hektik habe ich nicht daran gedacht, den Beutel mit dem Gold und dem Schmuck wieder mitzunehmen. Ich habe all die Wertsachen zurückgelassen, dabei hätten wir den Beutel jetzt so gut gebrauchen können."

„Aber du hattst keene Wahl. Wenigstens sünd ird frei. Beede."

Francisca nickte und bewunderte Friedas Gelassenheit und Optimismus. „Zuerst sind wir zu meiner Tante geflohen, sie hat uns ein Versteck besorgt beim alten Theater. Wir dachten, wir wären von Freunden umgeben. Waren wir auch ... wenn Jürgen nicht gewesen wäre. Er hat uns verraten, um die Belohnung zu kassieren. Tausend Reichsmark ... Er hat uns an die Polizei verkauft. Diese Menge an Geld war wohl zu verlockend."

„Wie hett he blots?", zischte sie.

„Wir brauchen ein neues Versteck", sagte Ike. „Es tut

mir leid, wenn wir dich belästigen und dir so viel abverlangen. Ich verstehe auch, wenn du uns wegschickst. Aber wir können nicht zurück zu Magdalena. Es ist zu gefährlich."

Frieda nickte. Sie massierte sich die Schläfen. „Hm."

Francisca wurde es übel. Frieda brauchte die Gedanken nicht auszusprechen, ihre Mimik war unmissverständlich. Sorge zeichnete sich auf ihrem Gesicht ab und nun begriff sie, in welcher Gefahr nun auch sie schwebte.

Frieda stand auf. „Dat geiht. Ich kenn en Flott. En verstoken Schäferkote, wiet weg von hier. Keen Minsch ward di dor finnen."

Ike sah Francisca fragend an.

„Eine Schäferkoje als Versteck?", wiederholte Francisca mehr für Ike als für sich selbst.

Eilig packte Frieda einige Vorräte zusammen – Brot, Käse, Dörrfleisch und Wasser – und steckte sie in einen Sack.

„Folgt mi nu", sagte sie und führte sie hinaus in die kühle Nacht.

Nun erst merkte Francisca, wie nassgeschwitzt sie war. Auf dem Weg in die Marschlande hatte sie geschwitzt, nun wurde es ihr eiskalt.

Die drei schlichen sich durch das hohe Gras und die weiten Felder, der Mond leuchtete so hell, dass er Schatten warf. Gras raschelte unter ihren Füßen, und das entfernte Heulen mehrerer Hunde verstärkte die gespenstische Atmosphäre. Sie gingen schweigend, Frieda voran, Ike und Francisca folgten ihr.

Nach einer Weile erreichten sie ein Waldstück, das wie eine dunkle Mauer vor ihnen aufragte. Frieda führte sie auf einem Trampelpfad durch das Unterholz. Hier war es stockdunkel. Vorsichtig setzte Francisca einen Schritt vor den nächsten, um nicht über Wurzeln oder herumliegende Äste zu stolpern. Es knackte unter ihren Füßen, und das Rascheln der Blätter über ihr war wie ein Flüstern. Der Wald war doch ausgedehnter, als es auf den ersten Blick schien.

Schließlich erreichten sie eine Lichtung, an einer Seite öffnete sich der Wald zu Weiden und Feldern. Am Rand stand eine kleine, verlassene Schäferhütte, die von Efeu und Moos überwuchert war. Das Dach war an der Wetterseite mit Schindeln, an der anderen Seite mit Stroh gedeckt, und die Wände bestanden aus grob behauenen Holzplanken.

„Hier sünd wi", sagte Frieda und öffnete die knarrende Tür. „Disse Ort is keenem bekannt."

Sie schob die Tür auf, die unverriegelt war. In der Mitte befand sich ein Tisch, auf dem eine Kerze stand. Frieda entzündete sie.

Francisca und Ike traten ein und sahen sich um. Die Hütte war einfach, aber solide gebaut. Neben dem Tisch gab es zwei Stühle und in einer Ecke lag ein Haufen Stroh, das als Bett dienen konnte. Ein alter Kamin, voller Ruß und Asche, nahm die gegenüberliegende Wand ein. Ob der Rauchabzug noch funktionierte? Doch inzwischen waren die Nächte warm genug, dass sie auf Feuer verzichten konnten.

Frieda legte die Vorräte auf den Tisch. „Ik ward regelmäßig nach euch kieken und euch allns bringn, wat ihr braucht."

Francisca setzte sich auf einen der Stühle und merkte, wie die Erschöpfung sie überwältigte. Sie war so erleichtert, dass sie kaum noch atmen konnte. Sie zwang sich, nicht in Tränen auszubrechen. „Danke, Frieda", flüsterte sie. „Danke für alles. Du tust so viel für uns. Du bist so ein guter Mensch und ich weiß gar nicht, wie ich mich dir je erkenntlich zeigen kann."

Frieda legte eine Hand auf Franciscas Schulter. „Passt op euch op", sagte sie, bevor sie die Hütte verließ und die Tür hinter sich schloss.

Francisca und Ike sahen sich an, und für einen Moment waren die Welt und die Gefahr draußen vergessen. Sie blickte in die Kerze, deren Schein den kleinen Raum in ein warmes, beruhigendes Glühen tauchte. Schatten tanzten an der Decke und verliehen der Hütte eine friedfertige Atmosphäre, die an eine Kapelle erinnerte. Es roch nach altem Holz und dem Heu, gemischt mit dem Kerzenduft und dem erdigen Geruch des Waldes. Der Docht knisterte leise, als Francisca einen Finger durch die Flamme zog, wie sie es als Kind so häufig getan hatte. Die Flamme schwang hin und her. Francisca lehnte sich zurück. Langsam entspannten sich ihre Muskeln. Sie schloss die Augen und atmete tief ein. Das Rascheln der Blätter und das gelegentliche Knacken von Zweigen draußen ließen sie jedes Mal aufmerken.

Ike setzte sich auf den anderen Stuhl und lehnte sich über den Tisch zu ihr. So blieben sie sitzen, bis der Morgen graute, denn zum Schlafen waren sie zu aufgeregt nach allem, was in den letzten Stunden geschehen war.

Frieda kehrte am nächsten Mittag zurück zur Hütte, als Francisca und Ike gerade eingeschlafen waren. Sie richteten sich vom Strohlager auf.

„Ik hebb maal noochdacht“, sagte Frieda. „Ik besorg di falsche Pässe un ne Schippsoversett. Un ik heff ok schon en Idee.“

Francisca schüttelte den Kopf. „Nein, Frieda. Das können wir nicht annehmen. Du hast so viel für uns getan. Falsche Pässe ... eine Schiffsüberfahrt ... das ist kaum möglich.“

„Das ist zu gefährlich“, sagte Ike und nahm Franciscas Hand. „Wir möchten dich nicht noch weiter in Schwierigkeiten bringen.“

Frieda setzte sich auf einen der Stühle. „Ik fuhl mi verantwortlich för euch. Dat weer mien Idee, den Wärter to besteken. Ik hebb euch in disse Lage brocht.“

„Aber das war meine Entscheidung“, sagte Francisca. „Du hast nur versucht zu helfen.“

„Ik bring di dat in Ordnung“, erwiderte Frieda. „Ihr sünd in großer Gefahr. De Polizei ward nich opgeben, na’uch euch to söken. Ihr bruukt disse Pässe un en sichere Möglichkeit.“

„Aber ...“, begann Francisca, doch Frieda unterbrach sie. Ihre Argumente waren schlüssig. Auch die Schäfershütte war keine Bleibe für ewig. Es war nach wie vor riskant. Wenn sie entdeckt würden … Francisca wurde es bei dem Gedanken übel.

So sehr sich Francisca unwohl damit fühlte, was Frieda für sie alles tun wollte, so verlockend war doch die Aussicht, wenn es funktionieren würde. Wenn sie falsche Pässe bekämen … endlich das Land verlassen könnten. Immer wieder betonte Frieda, dass es ihr leidtäte, dass sie die Idee gehabt hatte, den Wärter zu bestechen, was zu dieser Katastrophe geführt hatte.

Francisca sah zu Ike.

Ike nickte. „Wir werden dir ewig dankbar sein."

Frieda lächelte und stand auf. „In Ordnung. Ik ward mi glieks drum kümmer. Wat ok passiert: Blievt hier un verlasst de Bud nich."

Als Frieda die Hütte verließ, um sich um die Pässe und die Schiffspassage zu kümmern, blieben Francisca und Ike zurück. Die kleine Schäferhütte wirkte plötzlich noch enger und stiller. Sie setzten sich auf das Stroh und lauschten den Geräuschen des Waldes und der Lerche, die über der Wiese ihre Kreise zog.

Die Stunden vergingen quälend langsam. Dann hielt Francisca inne. Sie vergaß vor Aufregung zu atmen.

„Franc…", begann Ike.

Francisca legte ihren Zeigefinger auf die Lippen.

Ike schwieg. Nun richtete er sich auf. Er hatte es auch gehört.

Draußen waren Männerstimmen zu hören, rau und laut, die durch das Unterholz schallten.

Francisca wurde es übel. Ike legte beruhigend eine Hand auf ihre Schulter, doch auch er konnte die

Anspannung nicht verbergen. Sein Kiefer bebte. Die Schritte kamen näher, das Knacken der Zweige und das Rascheln der Blätter wurden lauter.

„Hier ist nichts“, sagte eine andere Stimme, näher als zuvor. „Ich habe dir es doch gleich gesagt. Der Hirsch war viel zu weit weg, um auf ihn zu schießen. Weißt du, was dir blüht, wenn das rauskommt?“

„Ich habe keine Angst vor einer Anzeige.“

„Solltest du aber. Willst du deine Jagdausrüstung verlieren? Oder ins Gefängnis wandern?“

Die Stimmen wurden wieder leiser.

„Willst du mir etwa drohen?“

„Reg dich ab, so war das nicht gemeint. Du solltest einfach vorsichtiger sein. Das ist alles.“

Ein dritter Mann antwortete, seine Stimme klang frustriert. „Wir können nicht alle Wälder durchsuchen. Es ist, als ob sich das Viech in Luft aufgelöst hätte.“

Durch einen Spalt sah Francisca die Silhouetten der Männer. Bauern, einfach gekleidet, aber mit Jagdgewehren. Ihr Herz raste, und kalter Schweiß lief ihren Nacken hinab.

„Lasst uns weitergehen“, sagte der erste Mann schließlich. „Wir versuchen es südlich von hier.“

Die Schritte entfernten sich weiter, die Stimmen wurden noch leiser. Francisca und Ike warteten eine Weile, bevor sie es wagten, wieder zu sprechen.

„Das war knapp“, flüsterte Francisca.

„Ja. Zu knapp. Was, wenn sie wiederkommen? Oder wenn jemand auftaucht, vom Grundeigentümer geschickt, um die Wilderer zu finden?“

Mittwoch, 4. Juni 1887

In dieser Nacht und auch am Vormittag verlief alles ruhig, kein Mensch kam vorbei, nur Wildschweine und Rehe näherten sich der Schäferhütte bis auf wenige Meter. Francisca versuchte, ihre Gedanken zu ordnen. In den letzten Tagen war mehr geschehen als in ihrem gesamten Leben zuvor. Sie saß am Tisch, während Ike neben ihr auf dem Stroh mit geschlossenen Augen lag. Doch sein Atem ging unregelmäßig, seine Anspannung konnte er nicht verbergen. Draußen zwitscherten die Vögel, und die Sonne warf warme Strahlen durch das Fenster. Staubflocken tanzten glänzend wie Diamanten in der Luft.

Unvermittelt tauchten draußen Schrittgeräusche auf. Francisca hielt den Atem an.

„Jemand kommt", flüsterte sie, stand auf, ging zum Fenster und versuchte, durch die schmutzigen Fensterscheiben zu sehen. Zwischen dem dichten Grün des Waldes war die Gestalt nur undeutlich zu erkennen.

Dann trat Frieda aus den Schatten. Schnellen Schrittes kam sie auf die Hütte zu.

Francisca eilte zur Tür, um ihr zu öffnen.

Frieda grinste und hielt triumphierend Papiere in die Höhe.

„Hier", sagte sie und überreichte die Dokumente Francisca. „Ik haa dat packt. Ihr hett nu Ausweise un Karten för dat Schiff. Damit sitt ihr bald ut de Patsche."

Francisca nahm zuerst die Pässe zögernd entgegen und betrachtete sie genau. Die Namen, die darauf standen, ließen sie stutzen: Rani Patel und Bhim Singh.

„Was sind das für Namen?"

„Indisch. De beid' sünd verstorben, man dat schull nich afdecken."

Die Fotos waren so stark verblasst, dass die Gesichter nur noch schemenhaft zu erkennen waren. Das war wieder ein Vorteil. Und trotzdem ...

„Indische Pässe von zwei Toten? Wie sollen wir damit durchkommen?" Francisca legte die Pässe auf den Tisch. Ihre Hoffnung wich genauso schnell, wie sie aufgetaucht war.

Frieda lachte. Sie war vollkommen überzeugt von ihrem Plan. Gerade deshalb würde es funktionieren. Wer hätte schon die Möglichkeit, indische Pässe zu prüfen? Auch die Altersangaben stimmten ungefähr überein. Einunddreißig und zweiunddreißig Jahre waren die beiden alt, das könnte hinkommen. „Ihr müsst eenfach sülbsbewusst upträen."

Die Karten waren für das Zwischendeck. Es würde unbequem. Das Beste ist: Die Schiffskarten lauten auf genau die beiden Namen. Dort wird es keine Unstimmigkeiten geben. Die Karten sind für das Zwischendeck. „Dat wird also nich alzu bequem, aber dorch ehr is se ut Deutschland rutkamen.“

Ike trat näher und sah sich die Pässe an. „Ich weiß nicht, Frieda. Das erscheint mir sehr riskant. Was, wenn sie die Täuschung bemerken?“

Frieda schnaubte. Was sie sagte, stimmte: Hatten sie eine andere Wahl? Jede weitere Stunde brachte sie in größere Gefahr. Frieda erklärte den Plan. Schon am Vormittag hatte sie eine geschlossene Kutsche organisiert. Sie warf einen Blick auf die Uhr. In zwei Stunden würde die Kutsche an der Pension ankommen, um Francisca und Ike zum Hafen zu bringen. Frieda drängte zur Eile.

Francisca schaute von Frieda zu Ike und zurück. „Das ist verrückt. Wir sind Deutsche, keine Inder. Was, wenn jemand Verdacht schöpft? Das wird nie funktionieren.“

Frieda stemmte die Hände in die Hüften und warf Francisca Undankbarkeit vor. „Ich riskiere alls för üch!“

Ike legte eine Hand auf Franciscas Schulter. „Frieda hat recht. Wir müssen es versuchen. Wir können hier nicht bleiben. Jeder Tag hier ist ein Risiko.“

Francisca biss sich auf die Lippe. Was, wenn sie verhaftet würden? Sie wollte gar nicht daran denken, aber die Bilder von der letzten Verhaftung, der sie gerade noch entkommen konnten, waren zu frisch. Nie wieder würde sie so etwas erleben wollen. Sie zitterte am ganzen Körper.

Frieda umarmte Francisca. „Ihr müsst mol fest daran glauben, dat dat klappt. Ihr hebbt dat bis hierher schafft, gegen allens wat tegen euch spricht. Woarüm sallt ehr scheitern?“

„In Ordnung“, flüsterte Francisca schließlich. „Wir werden es versuchen.“ Gab es eine andere Wahl?

Frieda atmete erleichtert auf. Sie wies die beiden an, ihre Sachen zu packen, um bereit zu sein, wenn die Kutsche kommt.

Francisca nickte und begann, ihre wenigen Habseligkeiten zusammenzusuchen. Ike tat es ihr gleich. Dann traten sie ins Freie.

Nun umfing sie die kühle Luft des Waldes. Die Sonne blendete nach den Tagen, die sie im Halbdunkel der Hütte verbracht hatten. Die Vögel sangen unwirklich laut, ein Hase sprang vor ihnen ins Gras.

Sie blieben dicht beieinander, auch wenn Francisca wusste, dass niemand in der Nähe war, setzte sie jeden Schritt vorsichtig auf.

Zuversichtlich eilte Frieda voran. Doch Ike und Francisca hielten immer wieder inne, bei jedem Knacken, das von der Seite kam, duckten sich in das hohe Schilf oder hinter Büschen. Jeder Schatten, der sich in der Ferne bewegte, ließ ihr Herz schneller schlagen.

Franciscas Atem war hektisch, der Puls klopfte ihr bis in die Schläfen, während sie weiter durch das unebene Gelände gingen. „Frieda, warte, nicht so schnell! Wir müssen vorsichtig sein“, flüsterte sie.

„Du machst di to veel Gedanken.“ Frieda zeigte sich unbeeindruckt.

Einmal mussten Francisca und Ike sich in einen Graben werfen, als eine Gruppe von Jägern auftauchte.

Sie lagen flach auf dem Boden, während die Männer vorbeigingen, laut lachend und redend.

Frieda blieb stehen und grüßte freundlich.

Als die Stimmen verklungen waren, richteten Francisca und Ike sich vorsichtig auf und setzten ihren Weg fort.

Endlich tauchten die vertrauten roten Backsteine und das reetgedeckte Dach am Horizont auf: Friedas Gehöft. Die Kutsche stand bereit, die Pferde schnaubten ungeduldig.

Frieda drängte sie schneller vorwärts. „Ihr packt dat, ik weet dat. Passt op ju wat auf un schrievt mi ut Amerika. Ik möcht wissen, dat dat mit euch in Ordnung is."

Ike nickte. „Das werden wir, Frieda. Wir werden dir schreiben und uns bei dir melden. Wir sind dir so dankbar."

Die Zeit drängte. Sie stiegen in die Kutsche, und der Kutscher gab den Pferden das Zeichen zum Losfahren. Francisca sah zurück, wie das Gehöft in weitere Ferne rückte. Frieda stand noch immer dort und winkte ihnen nach.

„Leb wohl, Frieda", flüsterte Francisca und lehnte sich an Ike.

Die Kutsche ratterte über die holprigen Wege der Marschlande, die Räder klapperten rhythmisch und die Pferde schnaubten. Franciscas und Ikes Hände waren fest ineinander verschlungen.

Die Kutsche näherte sich der Stadt, tauchte dann in den Trubel Hamburgs ein. Schon am Geruch nach Salz und Seetang merkte Francisca, dass sie bald ihr Ziel erreichten, als der Fahrer plötzlich abbremste.

Francisca blickte hinaus.

Eine Polizeikontrolle!

Die Kutsche hielt an, und ein Polizist trat näher. Er klopfte energisch an die Tür. „Papiere bitte."

Francisca erinnerte sich, wozu Frieda sie ermahnt hatte. Sie öffnete das Fenster und schenkte dem Polizisten ein höfliches, aber distanziertes Lächeln. „Guten Tag. Wir sind auf Geschäftsreise. Hier sind unsere Pässe."

Ike reichte die Dokumente nach draußen. Der Mann nahm sie entgegen, warf einen kurzen Blick auf die vergilbten Fotos und dann auf Francisca und Ike. Seine Augen verengten sich. Eine tiefe Falte bildete sich zwischen seinen Augenbrauen.

„Was führt Sie nach Hamburg?", fragte er und sah Francisca direkt in die Augen. Sie dachte an all die Fahndungsplakate. Ob sie noch immer überall hingen? Ob die Tageszeitungen weiterhin von dem Mord an dem Wärter berichteten oder ob längst eine andere Sensation im öffentlichen Interesse stand? Sie zwang sich, an etwas anderes zu denken. An das Seiltanzen.

Francisca hob das Kinn. „Wir waren hier, um wichtige Handelsgespräche zu führen. Mein persönlicher Diener und ich kommen aus Indien und müssen dringend unser Schiff erreichen."

Der Polizist musterte noch einmal die Pässe, wandte sich um, dann nickte er in Ikes Richtung. „Und Sie sind …?"

Ike verneigte sich leicht. „Ich bin der persönliche

Diener der Dame. Ich sorge dafür, dass ihre Reise so angenehm wie möglich verläuft."

Der Polizist betrachtete die Pässe erneut. „Handelsgespräche also. Mit was genau handeln Sie?"

Francisca spürte einen kalten Schweißfilm auf ihrer Stirn, wie der Stoff an ihrem Rücken festklebte, doch sie hielt seinem Blick stand. „Wir handeln mit exotischen Gewürzen und Stoffen. Unser Ziel ist es, neue Geschäftspartner in Hamburg zu gewinnen. Und das Ziel haben wir erreicht. Nun geht es darum, den Handel nicht nur auf Europa, sondern auch auf Amerika auszuweiten."

Der Polizist ließ nicht locker. „Gewürze und Stoffe also", wiederholte er langsam, als ob er die Worte schmecken würde. „Und warum gerade Hamburg?"

Francisca verstand nicht, was er wissen wollte. Warum ließ er sie nicht weiterfahren? Was war das überhaupt für eine Frage? „Hamburg ist ein bedeutender Handelsplatz. Wir haben hier bereits Kontakte geknüpft und wollen diese ausbauen."

Ein zweiter Polizist, den Francisca bisher nicht gesehen hatte, der sich hinter der Kutsche aufgehalten haben musste, trat nun hinzu und flüsterte dem Ersten etwas ins Ohr. Beide Männer wechselten Blicke. Es war, als würde sich die Luft in der Kutsche in Wasser verwandeln.

Der erste Polizist richtete sich auf, straffte die Schultern, salutierte und gab ihnen die Pässe zurück. „In Ordnung." Mit einer Handbewegung wies er den Kutscher an weiterzufahren.

Die Polizisten traten beiseite, und die Pferde setzten

sich wieder in Bewegung. Francisca lehnte sich zurück. Sie seufzte. Langsam beruhigte sich ihr Herzschlag.

Ike sah sie an und lächelte. „Du warst großartig!"

„Du auch", flüsterte sie und drückte seine Hand.

Als die Kutsche schließlich den Hafen erreichte, konnte Francisca ihr Glück noch immer nicht fassen, dass sie der Polizeikontrolle entkommen waren. Große Schiffe ankerten direkt vor ihnen. Die Masten ragten hoch in den Himmel, Arbeiter und Reisende wimmelten umher. Das Platschen der Wellen und das Kreischen der Möwen umfing sie.

Die Kutsche hielt an, und der Kutscher half ihnen beim Aussteigen. Francisca und Ike sahen sich an und umarmten sich. Sie hatten es tatsächlich geschafft.

Mittwoch, 4. Juni 1887

Der Hafen von Hamburg war erfüllt von geschäftigem Treiben. Die Sonne stand hoch am Himmel und spiegelte sich auf den sanften Wellen der Elbe. Möwen kreisten laut kreischend über ihren Köpfen. Arbeiter in groben Leinenhosen und schweißgetränkten Hemden schleppten Kisten und Säcke an Bord der Schiffe, Matrosen zogen Seile fest und riefen sich dabei laut Befehle zu.

Francisca und Ike verharrten kurz am Rand des Kais mit den Pässen in der Hand. Vor ihnen lag ein Dampfer mit schwarzen Schornsteinen, aus denen bereits dichter Rauch aufstieg. Der Rumpf war aus solidem Stahl, in einem dunklen Blauton gestrichen, das Metall glänzte in der Sonne. Die hölzernen Decks waren von zahlreichen Menschen bevölkert, die auf den Beginn ihrer Reise warteten. Unter ihren Füßen knarrten die Planken, von irgendwoher klangen Schiffshupen.

Francisca drückte Ikes Hand. „Wir haben es

geschafft!“ Noch immer konnte sie es kaum glauben und es erschien ihr wie ein Wunder.

Sie gingen den schmalen Steg hinauf zum Schiff. Die Seeluft wehte ihnen kühl in die Gesichter.

Als sie an Bord traten, wurden sie von einem Matrosen begrüßt. Er nickte ihnen zu und wies ihnen den Weg zu einer Treppe, die in den Bauch des Schiffes führte. Hunderte von Menschen befanden sich in einem einzigen, riesigen Raum, der kaum Stehhöhe hatte. Und die Hitze und die stickige Luft! Noch mehr Passagiere kamen nach ihnen, sodass Francisca sich beeilte, die Stufen weiter hinunterzugehen. Es gab nur kleine Luken und wenig Lüftungsschächte. Der Geruch nach Speisen, Meer, Rauch und Schweiß war überwältigend.

Nur wenige Öllampen und Kerzen beleuchteten den Raum, in der Mitte herrschte ein trübes Halbdunkel, was die bedrückende Atmosphäre noch verstärkte. Das gesamte Deck durchzogen, von schmalen Gängen unterteilt, einfache Holzpritschen, jeweils drei übereinandergestapelt, gepolstert mit Strohsäcken. Trennwände gab es nicht. Schon jetzt war der Raum so voll, dass Francisca und Ike kaum Platz fanden, doch sie waren bei Weitem nicht die Letzten, die die Treppe zum Zwischendeck hinuntergingen. In diesem Raum würden sie fast zwei Wochen lang schlafen, ihre Tage verbringen, auf den Pritschen oder dem Boden essen, sich in Fässern mit Wasser waschen, das unzählige Menschen vor ihnen benutzt hatten. Und die Notdurft ... Francisca wollte gar nicht daran denken. Je an den beiden Enden des Decks erkannte sie die Aborte, vor denen sich jetzt bereits lange

Schlangen gebildet hatten. Das Hämmern aus dem Maschinenraum, das Knarren des Schiffs und die Geräusche von Hunderten von Menschen erzeugten eine Geräuschkulisse, die sie die gesamte Überfahrt begleiten würde. Mit ihrem Gepäck belegten sie zwei übereinanderliegende Kojen. Auf der untersten Koje setzten sich Francisca und Ike nebeneinander und hielten sich die Hände.

Familien saßen auf ihren Koffern, Kinder rannten umher, einige Erwachsene starrten in die Ferne wie in Trance. Der Raum war erfüllt von einem Geräuschteppich aus verschiedenen Sprachen und Dialekten.

Unter ihren Füßen schwankten die Holzplanken im Rhythmus der Wellen, erst langsam, nach der Abfahrt, als sie das offene Meer erreichten, steigerte sich der Seegang.

Franciscas anfängliche Freude wurde von einer schmerzhaften Enttäuschung verdrängt. Schon jetzt war klar: Die Enge, der Lärm und die schlechten Bedingungen machten die Überfahrt zur Qual. Sie sah Ike an. Immer wieder schloss er kurz die Augen.

„Das wird hart“, sagte sie leise. Andere Passagiere warfen ihnen misstrauische und feindselige Blicke zu.

„Aber wir schaffen das.“ Ike nickte und legte eine Hand auf ihre Schulter. „Eine Wahl haben wir jetzt auch nicht mehr.“

Doch ihre Zuversicht wurde bald auf die Probe gestellt. Bei der Essensausgabe am Abend traten die ersten Konflikte auf. Ein Mann mit aufgedunsenem Gesicht und einer verschmutzten Mütze stellte sich ihnen in den Weg und musterte Ike abfällig.

„Was soll das?“, rief er laut und zog so die Aufmerksamkeit der anderen auf sich. „Wir sollen mit einem Neger reisen? Das ist ja unerhört!“

Bevor Francisca reagieren konnte, trat eine ältere Frau mit grauem Haar vor. „Das ist unzumutbar!“ Sie spuckte auf den Boden. „Wir haben nicht für diese Überfahrt bezahlt, um so etwas zu ertragen.“

Ein Tumult entstand, und mehrere Passagiere protestierten lautstark. Francisca umklammerte Ikes Hand fester. Die Enge und die schlechte Luft verstärkten die Spannungen.

Ike blieb ruhig, doch Francisca spürte, wie seine Finger zitterten.

„Wir haben genauso ein Recht, hier zu sein wie ihr alle“, sagte er mit fester Stimme.

Der Tumult steigerte sich. Francisca schaute sich nach einem Matrosen oder Offizier um. Kam ihnen denn niemand zu Hilfe?

Bald eilte ein junger Mann in marineblauer Uniform herbei. „Was ist hier los?“, fragte er. Breitbeinig stellte er sich zu den Streitenden.

Der Mann mit der schmutzigen Mütze zeigte auf Ike. „Wir wollen nicht mit einem Neger reisen. Das ist einfach nicht akzeptabel.“

Der Offizier warf einen prüfenden Blick auf Ike und Francisca, dann nickte er langsam. „Jeder, der ein Ticket hat, reist mit. Das sind die Regeln des Schiffes.“

„Aber das ist doch …“, begann die ältere Frau.

Der Offizier hob die Hand.

„Keine Diskussion. Wenn ihr ein Problem damit

habt, müsst ihr euch beim Kapitän beschweren. Aber bis dahin bleibt alles, wie es ist. Und eins kann ich dir jetzt schon sagen, der Kapitän ist nicht darauf aus, seine Zeit mit solch überflüssigen Querelen zu verbringen, hier gibt es genug zu tun. Willst du, dass er das Schiff sicher zum Ziel bringt? Oder willst du, dass er sich um irgendwelche Befindlichkeiten kümmert und wir irgendwo auflaufen und sinken?“ Er warf einen warnenden Blick in die Runde.

Alle schauten sich betreten um und schienen Franciscas Gedanken zu teilen. Bisher hatten kaum jemand den Sicherheitsmaßnahmen Beachtung geschenkt, doch nun wurde ihnen deutlich, wie wenig Notausgänge es gab. Was, wenn wirklich ein Unglück eintrat? Schweigen trat ein.

„Und jetzt Schluss mit den Kindereien, sonst lasse ich die Unruhestifter abführen!“ Der Offizier wandte sich ab und verließ den Raum.

Einige Passagiere murrten weiter, doch keiner wagte es, dem Offizier zu widersprechen. Francisca und Ike zogen sich auf ihre Koje zurück, die Köpfe gesenkt, die Stimmung gedrückt.

Francisca rückte nah an Ike. „Es wird wirklich nicht einfach werden.“

Ike nickte.

Das Gedränge und der Lärm machten es schwer, einen klaren Gedanken zu fassen.

In den nächsten Tagen versuchten sie, sich so unauffällig wie möglich zu verhalten.

Am vierten Abend kam eine Frau mit zwei Kindern

auf sie zu. „Ich bin Anna, und dies sind meine Kinder, Hans und Greta. Wir kommen aus dem Hunsrück. Es ist nicht einfach, alles hinter sich zu lassen."

„Nein, das ist es nicht." Sie schaute zu Anna auf. Anna, der Name ihrer Mutter. War das ein gutes Omen? Francisca reichte den beiden Kindern den Apfel, den sie vom Frühstück aufgehoben hatte. „Der ist für euch. Teilt ihn gerecht."

Anna gab Francisca die Hand. „Ich denke, wir sollten versuchen, einander zu helfen. Sind wir nicht auf Gedeih und Verderb miteinander diesem Monstrum von Schiff ausgeliefert?"

In den folgenden Tagen veränderte sich die Atmosphäre auf dem Zwischendeck allmählich. Anna stand Francisca und Ike zur Seite und sicherte ihnen einen Platz bei der Essensausgabe. Hans und Greta stellten Ike unzählige Fragen, und Ike beantwortete sie geduldig.

Am achten Tag erzählte Ike am Abend in der großen Gruppe von Carl und seinem Aufbruch aus Kamerun. Die feindselige Stimmung wich langsam einer vorsichtigen Akzeptanz.

Noch vier Tage lagen vor ihnen, doch schon jetzt spürte Francisca eine tiefe Zufriedenheit in sich aufsteigen. Sie waren nicht von den Schwierigkeiten und Konflikten besiegt worden. Im Gegenteil, sie hatten sie stärker gemacht und ihnen gezeigt, dass sie Herausforderungen gemeinsam meistern konnten. Und auch die Hürden, die sich ihnen noch in den Weg stellen würden, waren überwindbar.

„Jetzt liegt die ganze Welt vor uns", sagte Francisca.

Historischer Hintergrund

DEUTSCHE KOLONIEN

Die Geschichte der deutschen Kolonien in Westafrika erstreckt sich von 1884 bis 1919 und umfasst die Gebiete Kamerun und Togo.

Im Juli 1884 wurde die deutsche Flagge in Kamerun gehisst, was die offizielle Gründung der Kolonie symbolisierte, nachdem Gustav Nachtigal, ein deutscher Afrikaforscher und Diplomat, im Auftrag des deutschen Kaisers Wilhelm I. Verträge mit einheimischen Herrschern abgeschlossen hatte. Diese Verträge sicherten Deutschland die Gebietsansprüche. Die Deutschen in Kamerun etablierten schnell eine Kolonialverwaltung, die auf die wirtschaftliche Ausbeutung der Region abzielte. Sie bauten Eisenbahnen und Straßen, um den Abtransport von Rohstoffen wie Kautschuk, Palmöl und Kakao zu erleichtern.

Die deutsche Kolonialherrschaft in Westafrika endete mit dem Ersten Weltkrieg. Nach der Niederlage Deutschlands wurden die Kolonien 1919 im Vertrag von Versailles aufgeteilt. Kamerun wurde unter britisches und französisches Mandat gestellt.

VÖLKERSCHAUEN

Im Jahr 1874 eröffnete der Hamburger Tierhändler und Zoodirektor Carl Hagenbeck eine der ersten Völkerschauen. Diese Veranstaltungen basierten auf einer Idee seines Freundes Heinrich Leutemann, einem bekannten Tiermaler. Völkerschauen waren Ausstellungen, bei denen Menschen aus verschiedenen, oft als exotisch wahrgenommenen Kulturen der Welt in nachgestellten Siedlungen präsentiert wurden. Ziel dieser Schauen war es, den Besuchern einen vermeintlich „realistischen" Eindruck vom Alltagsleben der dargestellten Völker zu vermitteln.

Die erste Völkerschau von Hagenbeck zeigte Lappländer, die in einer nachgebauten Siedlung lebten. Das Besondere an diesen Schauen war, dass nicht nur die Menschen selbst, sondern auch ihre Lebensumstände möglichst authentisch gezeigt werden sollten. Dafür wurden typische Häuser, Werkzeuge, Kleidung und sogar Tiere aus den jeweiligen Regionen nach Deutschland gebracht.

Die primäre Motivation hinter den Völkerschauen war jedoch nicht wissenschaftlicher oder pädagogischer Natur, sondern lag in der Effekthascherei und der kommerziellen Ausbeutung von Exotik und Andersartigkeit, um hohe Besucherzahlen und damit Gewinne zu erzielen. Dabei ging es auch darum, bestehende Vorurteile und stereotype Vorstellungen über andere Kulturen zu bestätigen und zu verstärken.

Obwohl Völkerschauen in der Zeit, in der dieser Roman spielt, populär waren, gerieten sie immer stärker in der Kritik als Ausdruck des Kolonialismus und des Rassismus.

Zusammenfassend waren die Völkerschauen, wie sie von Carl Hagenbeck und anderen veranstaltet wurden, ein problematisches Kapitel unserer Kulturgeschichte. Sie boten den Besuchern vermeintlich realistische Einblicke in fremde Kulturen, dienten aber in erster Linie der Unterhaltung und der Bestätigung von Vorurteilen.

DER HAFEN VON VALENCIA

Eigentlich hatte ich geplant, Ike und Carl in Alicante ankommen zu lassen, und dann festgestellt: Der Hafen wäre dafür gar nicht geeignet gewesen. Der Hafen von Valencia hingegen war bereits im 19. Jahrhundert ein bedeutender Handels- und Seehafen. Er hatte eine deutlich größere Kapazität und bessere Infrastruktur, um internationale Schiffe zu empfangen, was ihn zu einem logischen Eintrittspunkt für außergewöhnliche Fracht wie einen Elefanten machen würde.

Zudem hatte Valencia historisch gesehen stärkere Handelsbeziehungen und eine bessere Anbindung an andere europäische Länder und Kolonien. Der Hafen von Alicante, obwohl ebenfalls historisch und für regionale Handelsaktivitäten genutzt, war im Vergleich zu Valencia kleiner und hätte wohl nicht dieselben Kapazitäten für eine solche spezielle Fracht geboten.

SOZIALISTENGESETZ

... zu Magdalenas politischen Aktivitäten:

Das Sozialistengesetz war ein bedeutendes Gesetz im Deutschen Reich, das von 1878 bis 1890 in Kraft war und in dieser Zeit mehrfach verlängert wurde. Aufgrund der Vielzahl an Bestimmungen, die sich in 30 Paragraphen erstreckten, sowie der viermaligen Verlängerung, wird oft auch im Plural von den Sozialistengesetzen gesprochen.

Das Gesetz untersagte die Tätigkeit sozialistischer, sozialdemokratischer und kommunistischer Vereine, Versammlungen und Veröffentlichungen – als Bedrohung für die bestehende Staats- und Gesellschaftsordnung. Infolge dessen verlagerten sich diese politischen Aktivitäten zunehmend in den Untergrund oder ins Ausland. Die Folge waren zahlreiche Verhaftungen. Lediglich die sozialdemokratischen Abgeordneten im Reichstag blieben aufgrund ihrer parlamentarischen Immunität von den Maßnahmen verschont.

DAS DORF BARRANCOSOL – NAHE ALMEDÍJAR

Der fiktive Name „Barrancosol“ setzt sich aus zwei spanischen Wörtern zusammen: „barranco“ und „sol“. „Barranco“ heißt Schlucht oder steiles Flusstal, eine tiefe Erosionsrinne, die oft in trockeneren oder bergigen Regionen zu finden ist. „Sol“ bedeutet Sonne. Zusammengesetzt könnte „Barrancosol“ also „Sonnenschlucht“ oder „Sonnenklamm“ bedeuten. Es steht für ein Tal, das trotz der rauen Umgebung von der Sonne erwärmt und erleuchtet wird.

Nachwort

Liebe Leserinnen und Leser,

dieser Roman über die Reise von Francisca, der Tochter eines Wanderzirkus-Direktors, und Ike, dem mutigen Dompteur aus Kamerun, war für mich nicht nur eine spannende historische Erzählung, sondern auch eine Herzensangelegenheit. Ich wollte eine Geschichte erzählen, die von Mut, Liebe und der Überwindung gesellschaftlicher Barrieren handelt. Dabei war es mir wichtig, die historischen Realitäten des späten 19. Jahrhunderts authentisch darzustellen und gleichzeitig die zeitlosen Themen der Menschlichkeit und des Kampfes gegen Ungerechtigkeit in den Mittelpunkt zu rücken. Im Nachhinein hat es mich doch viel, viel mehr Nerven und Zeit gekostet, als ursprünglich geplant war, denn es sind gerade die kleinen Details, die dann einen Roman sprengen können – wie die Tatsache, dass Ike nicht wie angedacht in Alicante hätte ankommen können.

Francisca und Ike stehen symbolisch für viele Menschen, die gegen Vorurteile und Diskriminierung ankämpfen müssen. Durch ihre unterschiedlichen Hintergründe und Erfahrungen lernen sie voneinander und finden gemeinsam einen Weg, ihre Träume zu verwirklichen.

Die Figur des Ike und seine Reise nach Deutschland sollen auch an die dunklen Kapitel der Geschichte erinnern, in denen Menschen aus kolonialisierten Ländern ausgebeutet wurden. Die „Völkerschauen", in denen Ike und andere Afrikaner als exotische Schauobjekte ausgestellt wurden, sind ein trauriges Beispiel für die Entmenschlichung und den Rassismus jener Zeit.

Ja, ich habe lange recherchiert, um die historischen Gegebenheiten so genau wie möglich darzustellen, bis auf Nebenschauplätze wie das Krankenhaus in Alicante. Die Orte, Ereignisse und kulturellen Hintergründe sind sorgfältig ausgewählt und fügen sich in den historischen Kontext des späten 19. Jahrhunderts ein. Natürlich bleibt es dennoch eine fiktionale Geschichte, die aber von der Realität inspiriert ist.

Zum Schluss möchte ich Ihnen, liebe Leserinnen und Leser, danken.

Danke, dass Sie Francisca und Ike auf ihrer Reise begleitet haben. Mögen wir wie die Protagonisten durch Empathie, Mut und Liebe die Welt ein kleines Stück besser machen. Möge uns der Glaube nie verlassen, dass wahre Liebe und Menschlichkeit jede Hürde überwinden können.

Ihre

Heike Fröhling

Über die Autorin

Mit ihrem Wunsch, Schriftstellerin zu werden, schaffte es Heike Fröhling immer wieder, sich das Leben selbst schwer zu machen. Warum nicht einfach nach dem abgeschlossenen Studium (Musikwissenschaft, Germanistik und Schulmusik) etwas »Vernünftiges« arbeiten? Doch das Leben ist nicht dafür da, um das zu tun, was alle tun. Man kann die Sterne nicht vom Himmel holen. Aber wenn Heike Fröhling einmal alt ist und über das Meer blickt, möchte sie sich sagen können, dass sie es wenigstens versucht hat.

Doch bei einem Versuch ist es nicht geblieben. Jahrelang war Heike Fröhling als Journalistin für Frauenzeitschriften tätig. Sie veröffentlicht seit 1999 als Verlagsautorin, seit 2012 auch als Selfpublisherin. Ihre Romane handeln meist vom Aufbrechen, Entdecken und Reisen, um zu sich selbst zu finden. Die meiste Zeit des Jahres ist die Autorin mit ihrem Hund zusammen in ihrem Van unterwegs, um für eines ihrer nächsten Bücher zu recherchieren.

Mehr auf:

writerontour.de

Auf der Webseite können Sie auch den Newsletter

abonnieren, wenn Sie keine Neuigkeiten mehr verpassen möchten. Oder Sie schreiben mir eine Mail, dann nehme ich Sie auch gerne in die Liste für die Leserattenpost auf. So sind Sie immer über Buchaktionen und Gewinnspiele informiert und verpassen keine Hintergrundinfos.

facebook.com/writerontour.de

instagram.com/writerontour.de

Printed in Poland
by Amazon Fulfillment
Poland Sp. z o.o., Wrocław

36093840R00118